新 漢詩の世界

CD付

石川忠久 著

大修館書店

玉門関（©シーピーシー、157 ページ参照）

江南の春（©シーピーシー、72 ページ参照）

黄鶴楼（©シーピーシー、111ページ参照）

峨眉山（Ⓒシーピーシー、83 ページ参照）

廬山瀑布（©シーピーシー、76 ページ参照）

寒山寺（©シーピーシー、92 ページ参照）

秦淮河（©シーピーシー、179 ページ参照）

良寛の五合庵（©JTBフォト、128ページ参照）

吉野・如意輪寺の桜（©JTBフォト、196ページ参照）

烏衣巷の王謝故居（©シーピーシー、185 ページ参照）

はしがき ――『新漢詩の世界』『新漢詩の風景』の刊行に当って

「一陽来復」、古典を見直し、漢詩の味わいを再確認しようという風気が、少しずつ湧き起こってきたような気がする昨今です。〝ゆとり教育〟のあおりを受けて、国語の授業時間が大幅に削られましたが、早くも是正の動きが出ています。

私の周囲でも「漢字文化振興会」の活動が小さいながら活発に行われ、また「全日本漢詩連盟」が三年前に発足、次第に輪を拡げています。

かかる折、大修館書店から、一九七五年に出版して今なお根強い読者の支持を得ている『漢詩の世界』と『漢詩の風景』を、この際、新たに出し直したい、との申し出を受けました。私にとっても、もとより否やはありません。

漢詩はとっつきにくいところがあるため、そのおもしろみ、深い味わいなど、十分に尽すことは、言うほど簡単なことではありません。外見の固さのために入り口を狭くしているところがある、といえましょう。

その固さを釈《と》きほぐすために、この書では思い切って、話す調子で、平易に書くことを試みました。原詩があって、語釈があって、通釈があって、という従来の参考書のスタイルを避けたのです。語釈も通釈もだいじですが、それをみなくだいて中に入れこみ、詩の心を汲むことを主眼にしました。

右は、『漢詩の世界』の元の版の「はしがき」の一部です。姉妹編である『漢詩の風景』でも、同じ方針で執筆しました。『世界』では、漢詩の流れ、仕組みなどを扱い、『風景』では、発想、音の効果などの漢詩のはたらきの部分を主に扱いました。両書とも、中国・日本の名詩で、日本人にもっとも愛誦されているものを選んであります。

このたび、両書を新しくするに当っては、本の版型・装幀・口絵などの外見に止《とど》まらず、鑑賞の便宜を考えていくつかの詩を『風景』から『世界』へと移したり、また、新しい見方、考え方に基づく加筆・訂正を相当施しました。

さらに、従来は、別売りカセット(両書で計三巻)に収録していた詩吟などを、中国語による吟詠と唐代中国語音の復元を中心に整理してCD化し、両書それぞれに一枚ずつ、付録としてつけました。漢詩の鑑賞に、大いに興味を添えるものと思います。

『漢詩の世界』を初めて世に問うてから三十年余、この間、NHKテレビで「漢詩紀行」、ラジオで「漢詩をよむ(後に、漢詩への誘い)」を担当し、また多くの漢詩解説・鑑賞の書を著しました。今、その原点ともなった両書を、このように再び世に問うことは、まことに感慨なきを得ません。

「漢詩は世界最高の詩歌である」とは、私の口ぐせです。両書とも、どこからでも読める、肩のこらない読み物のつもりで書きました。いかにも小さいものではありますが、これによって最高の詩の世界を少しでも味わっていただければ幸いです。

なお、旧版では小池勝利氏および大修館書店の鈴木隆氏に、またこの新版では同じく円満字二郎氏にお世話になったことを記し、感謝の意を表します。

二〇〇六年二月

東京・九段の愛吾楼にて

石川　忠久

新漢詩の世界／目次

4 送別 ……… 105

5 人生 ……… 120

I

漢詩の流れ

漢詩の流れ

中国の詩は、三千年の歴史をもちます。しかもそれは、あたかも川の流れのように、絶え間なくうたいつがれてきました。詩は、中国文学のもっとも重要な分野を占めるばかりでなく、世界文学の中においても、その質・量の大いさは、ほかに類がありません。

我が国は、この巨大な文学に、三千年の歴史の中ほど過ぎから接し、初めは少しずつ模倣し、やがてはわがものとして受容してきました。我が国の文学は、直接・間接にはかりしれないその影響を受けたのです。

考えてみれば、外国の、高級な文学を、わがものとして作ったり、味わったりするというのは、たいへんなことです。英語やフランス語がしゃべれたり読めたりする人はたくさんいても、詩を作る人はほとんどいません。これを見ても、日本における漢詩のもつ重い意味がおわかりでしょう。

先祖の懸命な努力のおかげで、いまわれわれは漢詩を自然に受け入れることができます。しあわせといわずして何でしょう。もっともっと漢詩を読み、味わってゆくようにしたいものです。その基礎として、まず初めに漢詩の流れと、日本におけるその受容のさまを見ておくこととします。

詩　経

漢詩の源をなすものが、『詩経《しきょう》』です。西暦紀元前十二世紀から、紀元前六世紀まで、つまり周の初めから春秋の末までの六百年間に、黄河流域の諸国でうたわれた歌です。

中国の文明は、黄河の流域から起りました。三千五百年ぐらい前に文字が作り出され、しだいに文明が周辺に及んでゆきました。歌は古代社会の中心的行事である祭りとともに発展し、やがて整理され、『詩経』となったものでしょう。今日、三百五篇の詩が伝わっていますが、編纂の当時から「詩三百」といわれていますので、ほぼそのままの姿で、二千五百年伝えられたことがわかります。

『詩経』は、内容から、風《ふう》・雅《が》・頌《しょう》の三つに分けられます。風とは国風《こくふう》で、「くにぶり」をうたうものです。十五の国に分かれるので、「十五国風」といいます。今の陝西《せんせい》省から山東《さんとう》省にかけての、黄河の流れに沿った国々の歌で、百六十篇を占めます。『詩経』の中でもっとも重要な部分です。

雅も、民衆の歌声に基づくものが多いが、朝廷に取り入れられて整えられ、宴会や賓客の送迎などにうたわれたものです。小雅《しょうが》と大雅《たいが》に分かれ、全部で百五篇あります。大雅の中には、周の建国の伝説をうたった長篇の詩もあります。

頌は、周頌《しゅうしょう》・魯頌《ろしょう》・商頌《しょうしょう》の三つに分かれ、先祖の祭りのとき演奏されたもので、舞をともなったようです。全部で四十篇あります。

『詩経』の特色は、第一に四言詩ということです。一句が四字からなり、四句で一章をなし、三章で一篇をなす、というのが、典型的な形式です。むろん、字余りもあれば、何章にもわたる長いものもありますが、四言で、単純なくり返しの、素朴な歌、というのが、『詩経』の一大特色です。すべて読み人知らずで、古代社会の民衆の哀歓が穏やかなうたいぶりでうたわれているのです。だいたい、黄河の流域は、殺風景な黄土の広がる地帯で、気候も厳しく、人々は大地にしっかり足をふみしめて生きていましたから、いきおい、その詩の調子も地味で、現実的になります。

では一篇を見てみましょう。この詩は一章が八句です。

碩鼠

碩鼠碩鼠
無食我黍
三歳貫女
莫我肯顧
逝将去女
適彼楽土
楽土楽土
爰得我所

碩《せき》鼠《そ》　（魏《ぎ》風《ふう》）

碩鼠《せきそ》　碩鼠《せきそ》
我《わ》が黍《しょ》を食《くら》う無《な》かれ
三歳《さんさい》　女《なんじ》に貫《つか》うれども
我《われ》を肯《あえ》て顧《かえりみ》る莫《な》し
逝《ここ》に将《まさ》に女《なんじ》を去《さ》り
彼《か》の楽土《らくど》に適《ゆ》かんとす
楽土《らくど》　楽土《らくど》
爰《ここ》に我《わ》が所《ところ》を得《え》ん　（以下、ほぼくり返し）

碩鼠とは大ねずみのことです。この大ねずみが何を意味するか、もういわないでもわかるでしょう。魏という国は、貧しい国です。貧しい土地にしがみついて、生きてゆく人々、その上に、容赦なく税を取りたてる王。その苦しい生活の中から、人々は、やんわりと、しかしその内には痛烈な諷刺をこめてうたいます。こんな土地は捨てて、楽しい所へ行こう、と。

それにしても、こんなに古い歌がよく整理され、そのままずっと伝えられたものです。今日では、古代文字の研究が進み、従来施されてきた解釈とは違う、新たな解釈も行われ、貴重な民俗資料としても見直されています。

なお、『詩経』につけられた「序」が、我が国の『古今集』の序に取り入れられ、詩文学の理論の基本にすえられていることをつけ加えておきます。

楚辞

中国の南半分を貫く大河、長江《ちょうこう》（揚子江《ようすこう》というのは外国人が呼んだ名）の流域は、太古はジャングルだったと思われますが、ここに、春秋から戦国にかけて楚《そ》の国が栄えました。この地方の民間歌謡が『詩経』の刺激を受け、屈原《くつげん》という天才詩人の出現によって整えられ、『楚辞《そじ》』となりました。

屈原は楚の王族の出身、初めは王に信任されましたが、才をねたむ大臣に讒言《ざんげん》され、洞庭湖《どうていこ》のほとりをさまよい、ついには身投げをして死ぬという生涯でした。その間、身の不遇を嘆き、国の運命を悲しんで、「離騒《りそう》」を作りました。これは屈原の自伝的長篇叙事詩です。ことに注目されるのは、作者が途中天上世界を駆けめぐり、神と交遊することです。『詩経』には全く見られなかった詩の世界といえましょう。『詩経』では、人は現実の世界を見つめてうたいました。北と南の風土や習俗の違いによる詩風の違いと思われます。長江一帯は、高い山、大きな沼地、湖があり、それをとりまく気象条件も複雑に変化します。その環境の中から、幻想的な詩歌がうたわれるようになったのでしょう。「九歌」などは全篇、神たちの歌と舞によって構成されています。

次は「九歌」の中の一篇です。女神と男神が交互にうたったものと思われます。

湘夫人
帝子降兮北渚
目眇眇兮愁予
嫋嫋兮秋風
洞庭波兮木葉下
登白薠兮騁望
与佳期兮夕張
鳥何萃兮蘋中
罾何為兮木上

湘夫人《しょうふじん》
帝子《ていし》　北渚《ほくしょ》に降《くだ》る
目眇　眇《めびょうびょう》として予《われ》を愁《うれ》えしむ
嫋　嫋《じょうじょう》たる秋風《しゅうふう》
洞庭波《どうていなみ》だちて木葉下《もくようくだ》る
白薠《はくはん》に登《のぼ》って望《のぞ》みを騁《は》せ
佳《よきひと》と期《き》して夕《ゆう》べに張《は》る
鳥何《とりなん》ぞ蘋中《ひんちゅう》に萃《あつま》る
罾何《わななん》ぞ木上《もくじょう》に為《か》く　（下略）

湘夫人とは、湘水の女神です。湘水は洞庭湖に注ぐ川で、この辺りは有名な景色のよい所。まつわる伝説も、いろいろあったことでしょう。
男神「天帝の御子（女神のこと）がこの渚に降られた。遠くかすみ、その姿が見えない悲しさ」。女神「吹きわたる秋風に洞庭湖は波立ち、木の葉が落ちる」。男神「水草をふんで遠く目をはせ、よき人と約束して、夕暮に待ちうけるのに、鳥はなぜか水草に集まり、わなはなぜか木の上にかけられた（ちぐはぐで、なかなか会えない)」。

と、こういった調子の、幻想的でロマンチックな歌なのです。

もう一つ、『詩経』と相違する大きな点は、三言が基調になり、間に「兮」(音はケイ)など休止符をはさむ、という形式です。全篇四言からなる、『詩経』形式の篇もありますが、楚の歌謡は、本来は三言のリズムをもつことが想像されます。つまり、中国の南方には、北方とまったく異なる系統の歌がうたわれていた、ということです。

現実的と幻想的、抒情的短篇と叙事的長篇、質朴な表現と華麗な修辞、四言と三言と、いろいろな点で相違する『詩経』と『楚辞』の二つの詩歌が、以後の詩歌にさまざまな形で流れ込んでゆくのです。

五言詩の発展

戦国末期から漢の初めにかけては、もっぱら『楚辞』の調子の短歌が作られましたが、漢が始まって百年ほどたつうち、民間に新たなリズムをもつ歌がうたわれました。それが五言の詩歌です。五言は、上二下三と切れるリズムです。これはあるいは、秦の統一以後活発になった西のルート(いわゆるシルクロード)を通って、いろいろな物といっしょに入って来た、西方音楽の影響があるのかもしれません。五言のリズムは、中国人の好みに受け入れられやすかったのでしょう。初めは散発的に歌の中に五字の句が混っていたものが、やがて、全篇が五字の、五言詩が誕生するにいたります。ちょうど西暦の始まるころです。

それから百五十年、後漢の末ごろになると、「古詩十九首」という読み人知らずの傑作が生まれ、五言詩はもう堂々たる姿となるのです。以後の五百年が、五言詩の全盛時代となります。
「古詩十九首」のうち、一首を見ましょう。

其十
迢迢牽牛星
皎皎河漢女
纖纖擢素手
札札弄機杼
終日不成章
泣涕零如雨
河漢清且浅
相去復幾許
盈盈一水間
脈脈不得語

其《そ》の十《じゅう》
迢迢《ちょうちょう》たる牽牛星《けんぎゅうせい》
皎皎《きょうきょう》たる河漢《かかん》の女《むすめ》
纖纖《せんせん》として素手《そしゅ》を擢《あ》げ
札札《さつさつ》として機杼《きちょ》を弄《ろう》す
終日《しゅうじつ》章《あや》を成《な》さず
泣涕《きゅうてい》零《お》つること雨《あめ》の如《ごと》し
河漢《かかん》清《きよ》く且《か》つ浅《あさ》し
相去《あいさ》ること復《また》幾許《いくばく》ぞ
盈盈《えいえい》たる一水《いっすい》の間《かん》
脈脈《みゃくみゃく》として語《かた》るを得《え》ず

たなばたの伝説をうたったものです。「はるかに輝くひこ星、こちらには白く光るおり姫、ほっそりした白い手をあげ、サッサッと機《はた》織りをする。一日織っても、模様ができない。なみだは雨のよう。天《あま》の河《がわ》は清く浅い、お互いにどれほど離れていようか。みなぎる水をはさんで、じっと見つめて、語ることもできない」。素朴で美しい歌です。

五言詩隆盛の五百年の、最初の高まりの時期は、建安《けんあん》時代です。三世紀初頭、魏の曹操《そうそう》（父）・曹丕《そうひ》（兄）・曹植《そうち》（弟）の父子三人を中心に、これをめぐって建安七子とよばれる詩人たちが、きそって五言の新しい詩を作りました。このうち曹植はもっとも優れ、才のあふれた中篇の力作によって、詩の世界を広げていきました。また、この時代に、急速に詩の言葉（詩語）がふえています。たとえば、明るい月のことを「明月」というのは古い言葉なのですが、「朗月」「皓月《こうげつ》」という語も作られます。そのほか、「晨月《しんげつ》」（朝の月）「繊月」（細い月）などの語もできてきます。このように、細かな表現の語が急にふえたのがこの時代です。

建安から一世代たったころ、竹林の七賢と称される人々が現れます。その一人、阮籍《げんせき》は思想的な内容をもつ詩を連作しました。自己の思想を詩にうたう、というのも従来あまりなかったことで、詩に深味を加えた、といえましょう。阮籍の親友嵇康《けいこう》も、内に激しいものを秘めた、風格のある詩を作りました。彼らの活躍した時代を正始《せいし》時代といい、その風格ある詩の趣は、「正始の音」と称して後世仰がれるのでした。なお、ちょうどこのころが、我が国では卑弥呼《ひみこ》の時代です。『魏志《ぎし》』倭人《わじん》伝に、部族に分かれた、未開の原始日本の姿が記録されています。

三世紀の終り近く、詩はますます盛んになり、貴族の社交に欠かせない教養となります。詩は洗練の度を加え、美しくなっていきます。六朝修辞主義の幕開け、といわれますが、この時代が太康《たいこう》時代です。陸機《りくき》・

潘岳《はんがく》などの詩は錦のようだ、と評されます。また、この時代には、左思《さし》や張協《ちょうきょう》など、自然の景をうたう詩人が出てきたことが注目されます。自然をうたう詩を、山水《さんすい》詩、といいます。人間が、周囲を取りまく自然を、美の対象として見るようになった、といえましょう。西暦三〇〇年ごろのことです。

謝霊運と陶淵明

それから百年、この間、中国の政治・文化の中心が南の長江の流域に移るという大変動があり、その新しい美しい自然にふれて、山水への傾きがいっそう強まる中から、謝霊運《しゃれいうん》が現れました。「山水詩の謝霊運」といわれるほど、彼の自然を詠ずる詩は、従来見られなかった美しさにあふれています。

謝氏は、六朝を代表する大貴族です。その嫡々に生まれた霊運は、政治権力に志をもちましたが、ちょうど王朝の交代期に会い、志を果せません。その不満から、人に疑われるような常識はずれの行動に出たため、最後は謀反の罪によって死刑に処せられるという悲劇の生涯を送りました。志を果せぬままに山水の間に遊び、詩を作ったのですが、それが不朽の名を残すことになりました。霊運の山水を詠ずる詩句は、清らかで美しいと同時に、人の気のつかない面をとらえます。たとえば、夕日の光に照らされる山水をよくうたいますが、従来は見られないものなのです。

石壁精舎還湖中作　石壁精舎《せきへきしょうじゃ》より湖中《こちゅう》に還《かえ》る作《さく》　謝《しゃ》　霊運《れいうん》

昏 旦 変 気 候　昏旦《こんたん》に　気候《きこう》変《へん》じ

山水含清暉
清暉能娯人
遊子憺忘帰
出谷日尚蚤
入舟陽已微
林壑斂瞑色
雲霞収夕霏

山水《さんすい》　清暉《せいき》を含《ふく》む
清暉《せいき》　能《よ》く人《ひと》を娯《たの》しましむ
遊子《ゆうし》　憺《やす》んじて帰《かえ》るを忘《わす》る
谷《たに》を出《い》でて　日《ひ》尚蚤《なおはや》く
舟《ふね》に入《い》りて　陽已《ひすで》に微《び》なり
林壑《りんがく》　瞑色《めいしょく》を斂《おさ》め
雲霞《うんか》　夕霏《せきひ》を収《おさ》む　（下略）

これは湖の景色を詠じたものです。「この辺りは、夕暮に朝に、気候が変化し、山も水も清らかな光を帯びている。清らかな光は人を楽しませる。ここに遊ぶ私は、心落ち着いて、帰るのを忘れてしまう。谷を出たのは、朝早い時分だったのに、舟に乗って帰ろうとすると、もう日がかすかになった。林も谷もすっかり暗い色にしずまり、夕やけ雲は夕日の光をたたえたもやを消してしまった」。何という清澄さでしょう。

陶淵明《とうえんめい》も、同時代の詩人です（謝霊運より二十歳年長）。自然を詠じた点では共通しますが、彼の詠じた場は田園です。だから、陶淵明の詩は山水詩といわず、田園詩といっています。

淵明は、霊運とは対照的に、三流貴族の出身です。若いころにはそれなりに立身出世の夢を燃やしましたが、結局うだつが上がらず、中年過ぎに故郷の田園に引退し、隠居の暮しを送ります。

淵明は、自然の中にひたりこみ、田園生活の中から、深い味わいの詩を作りました。無為自然をたっとぶ老荘思想が、その根底を流れています。単なる田舎《いなか》じじいの歌ではない、古今隠逸詩人の本家である、と後世評されます。素朴なうたいぶりの中に、センスのよさが光ります。

有名な代表作を見ましょう。

飲　酒

結廬在人境
而無車馬喧
問君何能爾
心遠地自偏
采菊東籬下
悠然見南山
山気日夕佳
飛鳥相与還
此中有真意
欲弁已忘言

飲《いん》　酒《しゅ》　　　　陶《とう》　淵明《えんめい》

廬《いおり》を結《むす》んで人境《じんきょう》に在《あ》り
而《しか》も車馬《しゃば》の喧《かしま》しき無《な》し
君《きみ》に問《と》う　何《なん》ぞ能《よ》く爾《しか》るやと
心遠《こころとお》ければ　地自《ちおのずか》ら偏《へん》なり
菊《きく》を東籬《とうり》の下《もと》に采《と》り
悠然《ゆうぜん》として南山《なんざん》を見《み》る
山気《さんき》　日夕《にっせき》に佳《よ》く
飛鳥《ひちょう》　相与《あいとも》に還《かえ》る
此《こ》の中《うち》に真意《しんい》有《あ》り
弁《べん》ぜんと欲《ほっ》すれば已《すで》に言《げん》を忘《わす》る

これは二十首連作の、その五です。酒を飲んで、おりおりに書きためたもの、という意味です。最初の四句で、人里の中に廬（そまつな家）をかまえていながら、人が往来することもないのはなぜか、と自問し、それは心の持ちかたが、俗世間から遠ければ、地は自然にへんぴになるよ、と自答します。次の四句は、その生活の一コマを描いたもの。菊の花を東のまがきでつみ、悠然たる南の山を見る。山の気は夕暮にすばらしい。鳥がねぐらに連れだって帰るのが目に入る。そして、この生活の中に、人生の真の意味が蔵されている。それを口に出して説明しようにも、できない（だから、おれのような暮しをしてみろ）、と結びます。傲然たるうたいぶりです。ことに、なにげない生活の一コマを詠じたところはすばらしい。田園の隠者の暮しの中に、ここだ、と切りとった世界、秋の夕暮の山のかすみ、ねぐらに帰る鳥、菊をつんで山を見る詩人の姿、そこに、心のゆとりのようなものが感じられ、高い詩境を表出しています（『新漢詩の風景』一六三ページ参照）。当時はむしろ地味な存在で、謝霊運のような華やかな名声を得ませんでしたが、唐代になると、その詩境を慕う多くの詩人が出て、この時代第一の詩人の評価を得るようになります。話はとびますが、夏目漱石の『草枕』の中に、右の「飲酒」の詩を引用して、東洋の、心のゆとりの詩境を説いています。淵明の生活と詩は、たしかに東洋的なものの典型といえましょう。

謝霊運と陶淵明の二人が活躍したのは、五世紀の前半、元嘉《げんか》時代といいます。我が国では、いわゆる〝倭《わ》の五王〟時代になります。ようやく未開の状態から抜け出て、中国の文明を少しずつ摂取し、渡来人たちのリードによって、集権国家の体裁を整えつつあったのです。当時、日本から中国の宋朝（南朝の宋）に奉った書翰は、その様子を伝えると同時に、りっぱな漢文で書かれています。『古事記』に、応神天皇の御代（二世紀後半）、百済《くだら》の王仁《わに》が、『論語』と『千字文《せんじもん》』を伝えた、という記録がありますが、実際にはおよそこのころ、中国の文明が我が国に摂取され始めた、と理解されます。

近体詩の起り

詩は、貴族のサロンで作られ、鑑賞され、しだいに洗練の度を加えて、いよいよ美しく艶麗になってゆきます。一方、民間では、五言四句の短い、軽い歌がうたわれ出します。子夜《しや》という娘がうたい出したという「子夜歌」など、ちょうど我が国の都々逸《どどいつ》、端唄《はうた》のような、なまめかしい俗謡です。

子夜歌

落日出前門
瞻矚見子度
冶容多姿鬢
芳香已盈路

芳是香所為
冶容不敢当
天不奪人願
故使儂見郎

子夜歌《しやか》

落日《らくじつ》　前門《ぜんもん》に出《い》で
瞻矚《せんしょく》して子《きみ》の度《わた》るを見《み》る
冶容《やよう》姿鬢《しびん》に多《おお》く
芳香《ほうこう》　已《すで》に路《みち》に盈《み》つ

芳《ほう》は是《こ》れ香《こう》の為《な》すところ
冶容《やよう》　敢《あ》えて当《あ》たらず
天《てん》は人《ひと》の願《ねが》いを奪《うば》わず
故《ゆえ》に儂《われ》をして郎《きみ》に見《まみ》えしむ

「日の暮れがたに、門《かど》ぐちへ出て、きみの来るのを待ち暮す。（やがてやって来た。）あですがたがこぼれるばかり。いい匂いが路にいっぱいだ」と男がうたいかけますと、「いい匂いなのは香のせいですよ、あですがた、などと恥ずかしい。お天道《てんと》さまが願いをかなえてくださった、だからあなたに会えたのよ」と女のほうが返します。こんな調子です。こういう俗謡がしだいに貴族の注意をひき、詩に新しい活力をそえることになります。四句の詩、というのはもっとも短い形式で、これがやがて俗なものから高級なものへと脱皮して、絶句になります。

五世紀の末、永明《えいめい》時代になると、声調（音の高低による調子）の自覚によって、新しい動きが起ってきます。インドから仏典が入ってきて、それを中国語に訳すという過程で、しだいに自分たちの言語の特色（中国語には四つの声調＝四声がある）に気づきはじめたのです。その声調の配列を意識的にすることによって、詩に聴覚的美をそえようとする動きが起りました。今までも、無意識のうちにある程度の配慮は行われていたのですが、より積極的に配列法を工夫しようとしたのです。この声調配列の工夫が、やがて近体詩の法則を生み出します（三一ページ参照）。

形のほうでは、従来二十句ぐらいふつうに用いていたものが、しだいにむだな表現を省き、バランスのとれた安定した形として、八句の型を固定するようになります。また、修辞法の進歩によって、対句をきちんと構成するようにもなり、ここに、律詩が誕生することになります。近体詩の絶句も律詩も、完全な形になるのは唐に入ってからですが、およそこのころに、成立の端緒が開かれたのです。

なお、五言詩の発展に伴ない、一句が七字の七言詩が、六世紀ごろから詩の世界に現れ出します。七言の起源は古いのですが、長い間、本格的な詩としては意識されなかった。それが、五言詩の爛熟の末に、新しい様式として注意され始め、急速に抬頭したのです。五言で開発された技法をそっくり踏襲するかっこうで、進歩も早いのです。しかし、ふえた二字分を完全にこなすまでには百年余りかかり、西暦七〇〇年ごろになります。こなしてしまうと、ふえた分だけ場が広くなり、五言を凌駕するもっともポピュラーな形になるのです。

唐詩

南北朝が、隋《ずい》によって統一され（五八九）、文化の中心がまた北へ移って、新しい風が起ろうとするころ、我が国では聖徳太子が現れました。このころになりますと、我が国の文化の水準もかなり上昇し、たとえば十七条憲法のように、漢文によって独自の法律を定めるまでになりました。推古天皇の十五年（六〇七）、太子の使いで隋の都長安を訪れた小野妹子《おののいもこ》の持っていった手紙には、「日出《い》づる処の天子、書を、日没する処の天子に致す、恙《つつが》なきや」と書いてありました。日の出る国日本の天子が、日の沈む国隋の天子に手紙を送る、元気か、という意味ですから、これをもらった隋の煬帝《ようだい》が、目を白黒させて怒ったというのも、無理はありません。むろん、いくらひいき目に見ても、当時の中国と日本では、こんな対等な口をきくほどの関係にありません。横綱と幕下以上の差があります。しかし、こういう口を、あえてきこうとしたところに、当時の日本の指導者の、意気ごみと自負とがうかがえるのです。

聖徳太子が小野妹子を隋に使わせたことは、新しい時代の幕開けとなりました。これを皮切りに、隋唐三百年間に、十数度、使節が往来し、直接中国の文明を吸収するのです。その結果、我が国の漢詩文の水準は急速に高まります。第一期黄金時代の到来、といえましょう。

この時代は中国では唐代、いうまでもなく詩の最盛期です。まずその情況を概観しておきましょう。

唐三百年は、ふつう四期に分けられます。初唐（六一八〜七一〇）、盛唐（七一一〜七六五）、中唐（七六六〜八三五）、晩唐（八三六〜九〇七）がそれです。

初唐（約九十年）は、次の最盛期である盛唐の準備期といえます。前代の六朝の艶麗な風から、唐独自の風格を備えた詩が、しだいに現れてきます。七〇〇年ごろが、その折れ目になりましょう。初唐の四傑と称される、王勃《おうぼつ》・楊烱《ようけい》・盧照鄰《ろしょうりん》・駱賓王《らくひんのう》が代表です。同時代の陳子昂《ちんすごう》は、ますらおぶりの作風で、李白に強い影響を与えました。沈佺期《しんせんき》・宋之問《そうしもん》の二人は、律詩の完成に功があった詩人です。だいたいこのころに、律詩も絶句も完全な形が定まり、七言詩も卑俗さを脱してきます。まだ、本当の意味の完成は、次の、李白・杜甫の出現をまたねばなりません。

盛唐（五十五年）は、期間はもっとも短いが、もっとも栄えた時期で、優れた詩人が輩出しました。途中に安禄山《あんろくざん》の乱（七五五）があって、繁栄と崩壊の激しい変動の時代でしたから、詩人たちの運命も波瀾にとみ、それだけ魂をゆすぶられることも多かったのでしょう。詩は大きく発展成就しました。李白と杜甫はその二大高峰です。この二人は出身も性格も詩風も異なるが、全く優劣のつけがたい巨大な存在でした。つまり、二人がそろって、すべての詩は最高の成就を遂げたことになります。その特色を端的にいえば、李白は絶句に、杜甫は律詩に優れます。酒を飲んでは一気呵成に作る李白が短い即興の絶句に、句を練り上げてじっくり作る杜甫が均斉美の律詩に優れるのは、当然といえましょう。李白を詩仙、杜甫を詩聖と称します。この二人が同時に現れて、しかも仲良く交わった、というのはおもしろいことです。

李杜より少し年長に、王維《おうい》、孟浩然《もうこうねん》がいます。この二人は、六朝の陶淵明の風を慕い、自然を詠ずる作風です。王維は仏教に篤く帰依して、詩仏といわれます。高官にまで上りましたが、都の郊外に別荘を構えて静かに暮しました。孟浩然は生涯浪人の身で、故郷の山にこもって隠者暮しを長くしていた人物です。この二人も、境遇は違いますが、仲良く交わっているのです。

このほか、岑参《しんじん》・高適《こうせき》・王昌齢《おうしょうれい》は、辺塞詩《へんさい》(戦場の詩)などに優れた作品があります。

この時代に古体・近体すべての詩の形は完成され、これ以後は完成された形の中で、質の変化をしてゆくことになります。

ちょうどこの時代、我が国の阿倍仲麻呂《あべのなかまろ》が長安の都で活躍したのです。仲麻呂は十七歳で遣唐船に乗って留学してから、そのまま唐朝に仕え、高官に上りました。そのころの唐朝は文字どおり世界最大の国で、多くの外国人を包容し、長安は人口百万以上をほこる国際都市でした。我が国では、奈良時代に当たり、匂うが如く今盛りなり、と万葉の歌人たちが繁栄を謳歌していましたが、唐の都長安はさらに大きいスケールで、華やかな詩歌の時代がくりひろげられていたのです。

盛唐の次の時代が中唐(七十年)です。総じていえば、詩はしだいに細やかに、美しくなっていきます。中唐の初めに出た「大暦十才子《たいれきじっさいし》」たちの詩に、すでにその傾向は現れます。社会は貴族が没落し、実力でのし上がる官僚の活躍する世となりました。韓愈《かんゆ》も白居易《はくきょい》(字《あざな》は楽天)も大臣クラスの高官です。白居易はわかりやすい詩を作って一派をなし、その集『白氏長慶集《ちょうけいしゅう》』（白氏文集《もんじゅう》）は、生前に編集され、たいへんもてはやされました。外国からの留学生や商人が争って求めた、といいますから、現代風にいえば、ベストセラーというところでしょう。我が国にもっとも影響を与えたのが、白居易の詩です。わかりやすさと、白居易の中年過ぎの花鳥風月に遊ぶ美しい詩が、ことに、王朝人たちに好まれたと考えられます。

白居易の親友で、詩風も似かようのが元稹《げんじん》です。これに対して、韓愈一派は、難解な、言葉の険しい詩風で、詩壇を二分しました。韓愈の友人柳宗元《りゅうそうげん》は、王維・孟浩然の系統を引く自然詩人です。一風変わった詩人として、李賀《りが》がいます。異常感覚というか、題材も言葉も常識を拒否したようなところがあります。若くして死に、鬼才と称されました。ちかごろ、フランスのランボーなどと対比されたりもします。

晩唐（約七十年）になると、詩は感覚的にとぎすまされてくる一方、線が細くなる傾向が現れてきます。また唐朝自体も力が衰えて、亡国のムードがしらずしらず詩にまつわるようになります。その中で、一きわすぐれた感覚をみせるのが、杜牧《とぼく》です。七言絶句の軽妙でセンスのよい味は天下一品といえます。許渾《きょこん》も美しい詩を作り、我が国でももてはやされました。また李商隠《りしょういん》は、女性的な感情を、あやしい美しさでうたい、独特の風を築きます。李商隠と並んで温庭筠《おんていいん》がおり、温李と称されました。同じころに、薛濤《せっとう》と魚玄機《ぎょげんき》の二人の女流詩人も現れました。唐末には、女性の艶情をもっぱらうたう韓偓《かんあく》や、亡国の悲哀をうたう韋荘《いそう》などが出て、掉尾《とうび》を飾ります。

遣唐使の時代

隋唐の三百年は、我が国にとって、空前の中国文明吸収の時期になりました。十数度の遣唐船の往来によって、直接中国の文物を摂取することができ、あらゆる分野に、その影響が及ぼされたのです。当時の未熟な航海術からすれば、荒海を越えてゆくのは、たいへんな冒険でした。また事実多くの危険があったのですが、あえて何度も何度も海を渡ってゆきました。その文明を摂取しようとする熱意には、すさまじいものが感ぜられます。

その結果として、ほとんどゼロだった漢詩の教養は、九世紀末、菅原道真《すがわらのみちざね》の出現によって代表されるように、この三百年に、相当の程度にまで達したのです。

まず、最初の漢詩集『懐風藻《かいふうそう》』が、七五一年に編集されました。ちょうど李白や杜甫の時代ですが、我国の近江朝から奈良朝へかけての貴族たちの詩が百二十首収められており、その作風は、中国ではこれより二百五十年ほど前にはやったものでした。おおむね五言八句の、類型的な、宴会でのやりとりの詩です。つまり、精一杯の模倣の時期、といえましょう。

ついで『凌雲集《りょううんしゅう》』(八一四)、『文華秀麗集《ぶんかしゅうれいしゅう》』(八一八)、『経国集《けいこくしゅう》』(八二八)の、勅撰三集となると、しだいに七言がふえて、初唐の華麗な風が現れ、九世紀後半になって、白居易の影響のもとに、菅原道真が出るに至ったのです。だいたい中国の本場より六、七十年おくれぐらいの感じになります。こうなると、単なる模倣ではなく、自分のものとしてこなす段階になったといえます。

ちょうど菅原道真の時が、唐末の混乱期になり、遣唐使派遣も廃止になって、一つの時代が終りました。

この後は、受容した文化を消化する時期になり、その養分をもとに、華やかな上代日本文化が咲きほこることになります。

宋以後の受容――現代まで

唐から五代を経て宋になると、詩風は少しずつ変わってきます。唐詩のように、刹那の感情を高らかにうたう、というのではなく、物を理性的にとらえてうたうのです。宋詩の特色を端的にいうなら、唐詩の主情的、に対して主知的、ということです。詩が理屈っぽくなった、ともいえましょう。また、市民社会の発展、印刷術の開発にともなって、詩を享受する底辺が広がり、いきおい詩が日常化してくることになります。詩人の数もふえ、それぞれの詩人が数多くの詩を作り、それを印刷して発表します。題材は、従来詩にならなかったようなものにまで広がりました。たとえば、しらみやのみなどきたないもの、ふぐのようにグロテスクなもの、季節でいえば、春や秋という、うたい尽された時期ではなく、真夏のギラギラする暑さや、初冬のゆずの黄ばむころ、といった具合です。

また、日記や手紙のような詩も作られました。宋の詩人たちは、多分に唐詩を意識していたようです。唐詩にない風をうたうことによって、唐詩に迫ろうとしたのです。

宋の詩人の主なものを挙げてみますと、北宋では、王安石《おうあんせき》、蘇東坡《そとうば》、黄山谷《こうさんこく》、といったところ。とくに蘇東坡はスケールの大きさ抜群です。書も画もよくした才子でした。南宋では陸游《りくゆう》、范成大《はんせいだい》、楊万里《ようばんり》など。このうち陸游が、北宋の蘇東坡と肩を並べる巨人です。蘇陸《そりく》と併称します。田園詩と、激しい愛国の情のほとばしる詩と情愛こまやかな詩を残しています、宋末には「正気《せいき》の歌」で名高い文天祥《ぶんてんしょう》も出ました。以後の詩壇は、唐風と宋風の二つが勢力争いをしていった、といえましょう。

さて、道真で終った時代を、漢詩の受容の第一期とすると、第二期は、鎌倉から室町へかけて、五山の僧侶を中心とした時代になります。武家時代は、概していえば、漢詩文の教養の衰えた時代ですが、その中にあって、禅宗を中心とする僧侶たちが、漢詩の高い水準を保ちます。中では、絶海中津《ぜっかいちゅうしん》と義堂周信《ぎどうしゅうしん》とが傑出します。ことに絶海は、明《ミン》初の中国に留学し、日本人ばなれした詩を作りました。

絶海の詩を一首見ておきます。

雨後登楼
一天過雨洗新秋
携友同登江上楼
欲写仲宣千古恨
断煙疎樹不堪愁

雨後《うご》　楼《ろう》に登《のぼ》る　　絶海《ぜっかい》　中津《ちゅうしん》
一天《いってん》の過雨《かう》　新秋《しんしゅう》を洗《あら》う
友《とも》を携《たずさ》えて同《とも》に登《のぼ》る　江上《こうじょう》の楼《ろう》
写《そそ》がんと欲《ほっ》す　仲宣《ちゅうせん》　千古《せんこ》の恨《うらみ》
断煙《だんえん》　疎樹《そじゅ》　愁《うれ》いに堪《た》えず

サーッと通り雨が上がって、新秋の空は澄みわたる。友をつれていっしょに、川のほとりの楼に上る。その昔、魏の王粲《おうさん》（字《あざな》仲宣）が楼に上って「登楼賦」を作った、その哀愁を追慕し、千古の恨みをはらおうと、眺めわたすと、切れ切れのもや、まばらに葉を落とした木々が目に入り、愁いはいやますばかり。垢ぬけた作品です。

また、五山の寺院では詩集なども刊行され、五山版として伝えられます。蘇東坡や黄山谷の宋風が喜ばれたようです。

漢詩受容の第三期は、いうまでもなく江戸時代です。漢詩文のもっとも栄えた時代、といってよいでしょう。武士から町人に至るまで、漢詩文の教養はゆきわたり、多くの漢詩人が現れました。量的にも質的にも、最高の状態に達しました。

初めは五山の風を襲いましたが、十八世紀に入ると、荻生徂徠《おぎゅうそらい》一派の提唱で、また唐風が起ります。それより二百年ほど前、明の中ごろはやった風が、影響を及ぼしたのです。明の李攀龍《りはんりょう》の編した『唐詩選』が流行し、その傾向は今日まで及んでいるといえます。

十八世紀後半から十九世紀になりますと、今度は宋風がもり返します。また、当時の中国の清朝の詩も入ってきます。この時期には何といっても頼山陽《らいさんよう》が傑出しています。詩社もたくさん起り、およそインテリに属する人なら、漢詩を作れない人はいない、というほどになります。大名も、僧侶も、志士も、優れた詩を残しており、今に吟じられているほどです。

明治になりますと、滔々《とうとう》たる欧化の波に、さしも栄えた漢詩文が、しだいに衰えてゆきます。ことに、日清戦争以後、学校教育が急速に普及しだすのと反比例して、漢詩文の教養は階段を降《くだ》るように衰えてゆきました。その中で、夏目漱石と森鷗外は、漢詩を専門にする人ではないのに、深い素養から、独自の詩を作って注目されます。二人とも明治の前年の生れです。とくに漱石は、晩年、相当熟した手法で、高い詩境を表出し、ある意味では、日本独特の漢詩の世界を創造したとさえいえます。惜しいことにこれからという時、五十歳でなくなりました。

明治以後にも、専門詩人は伝統を受けついで出ていますが、退勢はいかんともしがたく、大正六年（明治五十年に当る）に、大新聞から漢詩の欄が消えたのは、象徴的な出来事です。昭和に入ると明治以来の長老も亡くなり、ことに戦後は漢字制限や、古典軽視の教育の影響で、漢詩の素養は壊滅的な状態になりました。

ところが、近年、どん底まで落ちた危機感からでしょうか、漢詩文に対する関心が高まり、漢詩を作りたい人も増えてきたようです。平成十五年（二〇〇三）には、全日本漢詩連盟が創立され、国民文化祭においても漢詩大会が行われるようになりました。嬉しいことです。ぜひこの勢いを盛り上げて、日本文化の基盤をなす漢詩文の伝統を継ぎゆきたいものです。

II

漢詩の仕組み

1　漢詩の形式

中国では「漢詩」というと、「漢代の詩」を意味します。中国の詩を包括する意味の「漢詩」は、つまり日本での言い方なのです。また、中国の詩を模した日本人の作もありますから、それらをすべて包括したものを「漢詩」というのが従来からの呼称です。

中国語の性質として、すべての語は一つの字に表され（形）、一音節の発音をもち（音）、一つの意味をもち（義、以上漢字の形音義という）、また「テニヲハ」などの助辞がなく、ちょうど敷石を並べたように語が配列されるため、詩歌は自然にきまった字数に固定されやすいのです。

日本の定型詩である俳句の、たとえば「ふるいけや　かわずとびこむ　みずのおと」という句を見れば、音声的には十七音ですが、「ふるいけや」は「古池や」の意で、「ふ」や「る」はそれだけでは意味をなしていません。

漢詩の場合、たとえば「江碧鳥逾白」（江碧《みどり》にして鳥逾《いよ》いよ白し）の「江」や「碧」が「ふ」や「る」に当たるわけで、同じ定型でも漢詩のほうがずっと密度が濃いことになります。

さて、漢詩は、すでに述べたように、古くは『詩経』の四言（一句が四字）、『楚辞』の六言（三言プラス休止符プラス三言）の形がまず現れます。その中には字余り、字足らずを含みつつも、とにかく、今から二千年以上も前にすでに定型をとった詩歌が現れます。この二つの古典形式はそれなりに固定して、詩歌として発展せず、漢代以後（紀元前二世紀ごろ）、新たに起った五言と、六朝末期（六世紀）に起った七言との二つの形式が発展し、およそ唐の中ごろ（八世紀）には、五言と七言のすべての形式が出そろい、定まります。

それを図示すると次のとおりです。

- 詩
  - 古体詩—古詩（楽府を含む）＝句数不定
    - 五言古詩
    - 七言古詩
  - 近体詩
    - 絶句＝四句
      - 五言絶句（二十字）
      - 七言絶句（二十八字）
    - 律詩＝八句
      - 五言律詩（四十字）
      - 七言律詩（五十六字）
      - 排律＝十句以上

2　近体詩の型

まず、近体詩から見ましょう。近体詩は今体詩とも書き、唐代になってから定まった体という意味です。近体詩には絶句と律詩の二つの体があります。絶句は四句、律詩は八句です。実例を示しましょう。

絶　句

江碧鳥逾白
山青花欲然
今春看又過
何日是帰年

絶《ぜっ》句《く》　　杜《と》甫《ほ》

江碧《こうみどり》にして　鳥逾《とりいよ》いよ白《しろ》く
山青《やまあお》くして　花然《はなも》えんと欲《ほっ》す
今春《こんしゅん》　看《み》すみす　又《また》過《す》ぐ
何《いず》れの日《ひ》か　是《こ》れ帰年《きねん》ならん

この詩は四句で、一句が五字ですから五言絶句です（解釈は八九ページ参照）。もう一首、例を見ましょう。

香炉峰下　新卜山居
草堂初成　偶題東壁

日高睡足猶慵起
小閣重衾不怕寒
遺愛寺鐘欹枕聴
香炉峰雪撥簾看
匡廬便是逃名地
司馬仍為送老官
心泰身寧是帰処
故郷何独在長安

香炉峰下《こうろほうか》、新《あら》たに山居《さんきょ》を卜《ぼく》し、
草堂《そうどう》初《はじ》めて成《な》り、偶《たま》たま東壁《とうへき》に題《だい》す

白《はく》　居易《きょい》

日《ひ》高《たか》く　睡《ねむ》り足《た》りて　猶《な》お起《お》くるに慵《ものう》し
小閣《しょうかく》に衾《ふすま》を重《かさ》ねて　寒《かん》を怕《おそ》れず
遺愛寺《いあいじ》の鐘《かね》は　枕《まくら》を欹《そばだ》てて聴《き》き
香炉峰《こうろほう》の雪《ゆき》は　簾《すだれ》を撥《かか》げて看《み》る
匡廬《きょうろ》は便《すなわ》ち是《こ》れ　名《な》を逃《のが》るるの地《ち》
司馬《しば》は仍《な》お　老《お》いを送《おく》るの官《かん》たり
心泰《こころやす》く　身《み》寧《やす》きは　是《こ》れ帰《き》する処《ところ》
故郷《こきょう》　何《なん》ぞ独《ひと》り長安《ちょうあん》にのみ在《あ》らんや

この詩は八句で、一句が七字ですから七言律詩です（解釈は六〇ページ参照）。なお、律詩には、第三句と第四句、第五句と第六句を、それぞれ対《つい》にする（対句）というきまりがあります（三七ページ参照）。

3　近体詩の声律

平　仄

近体詩には句数だけでなく、声律上のきまりがあります。日本人は、中国から漢字を学んだので、漢字の字形・字音・字義については知っていると考えがちです。しかし、実は字音の中の声調《せいちょう》（音の高低の調子）を全く欠落して輸入してしまったのです。実はこの字音の声調こそ近体詩を音声の面から厳格に規定する平《ひょう》仄《そく》の規則を生んだものです。

中国語の声調とは、アクセントではなく、トーン（音の高低の変化）のことです。近体詩が完成した唐代に、実際どう発音していたかは、当時音韻の辞書として編集された『広韻《こういん》』などの韻書によってある程度推定することができます。声調はおおよそ次の四つになり、これを四声《しせい》と呼びます。

すべての語は、右の四つのいずれかの声調をもち、大きく分ければ、平らな調子＝平声と、変化する調子＝仄声との二つになります。

〔唐代の四声〕　〔現代共通語の四声〕

唐代の四声		現代共通語の四声	
平声《ひょうせい》	＝低く平らな調子	一声・二声	平声
上声《じょうせい》	＝低いところから上がる調子	三声	仄声
去声《きょせい》	＝高いところから下がる調子	四声	仄声
入声《にゅうせい》	＝語尾がつまる調子（「にっしょう」とも）	（共通語では消滅）	仄声

中国人は、古くからこの四つの声調をもつ言葉を話していましたが、その特性に気づいたのは五世紀ごろのことで、以来、五言詩の発展とともに、音声上の美しさにも配慮するようになり、五世紀末にその法則を考え出します。平と仄とを適当に配列すると、耳にここちよく響く、というのが基本で、八世紀にはその配列の法則が定まってきます。これが詩の平仄法です。近体詩では、絶句も律詩も一句のうちの偶数番目の文字、つまり、第二字、第四字、第六字が音声上のかなめとなります。

一句の中の切れ方

一句の中の語の配列は、五言では二・三と分かれ、七言では二・二・三と分かれるのが原則で、ただ五字・七字並べればよいのではありません。その切れ目のところに小さな休止があり、これらの休止は、単に音声上の休止だけでなく、意味の区切にもなります。

平仄と句の切れ方について説明しましたが、では例を見ましょう。（○は平声、●は仄声）

江碧●　鳥逾○白
山青○　花欲●然

朝辞○　白帝●　彩雲○間
千里●　江陵○　一日●還

右のように、五言では二字目で切れ、七言では二字目・四字目で切れます。そして、五言の場合は、平仄は、二字目が●なら四字目は○と逆になります。これを二四不同《にしふどう》といいます。七言の場合は、六字目は四字目とまた逆になり（二字目と同じになる）、これを二六対《にろくつい》といいます。

なお、古詩には、このようなきまりはありません。同じ四句や八句の形をしていても、平仄の規則に合わないものは古詩ということになります。絶句・律詩と古詩の区別のめやすにもなるのです。

脚韻

詩の音声の面でもう一つだいじなことは、韻をふむことです。すべての詩は「脚韻」をふみ、韻をふむことを「押韻《おういん》」といいます。脚韻をふむとは句の末尾に、同じ調子、同じ響きの音をもつ語をそろえることです。西洋の詩にも見られますが、日本の詩歌にはありません。

先にあげた杜甫の「絶句」では二句目の末の「然ゼン」と四句目の末の「年ネン」が脚韻をふんでいます。次の詩を見ましょう（解釈は八六ページ参照）。

早発白帝城

朝辞白帝彩雲間○
千里江陵一日還○
両岸猿声啼不住
軽舟已過万重山○

早《つと》に白帝城《はくていじょう》を発《はっ》す　李《り》白《はく》

朝《あした》に辞《じ》す　白帝《はくてい》　彩雲《さいうん》の間《かん》
千里《せんり》の江陵《こうりょう》　一日《いちにち》にして還《かえ》る
両岸《りょうがん》の猿声《えんせい》　啼《な》いて住《や》まざるに
軽舟《けいしゅう》已《すで》に過《す》ぐ　万重《ばんちょう》の山《やま》

（韻字は間《かん》・還《かん》・山《さん》）

これが七言絶句の正格《せいかく》のふみかたです。つまり、五言絶句の場合は、正格は二・四（一句日にふむこともある、変格《へんかく》という）、七言絶句の場合は、一・二・四（一句目はふまないこともある――ふみおとし、変格）、となります。律詩の場合も、前半は絶句と同じふみかたで、後半は、六・八、とふみます。すなわち、五言律詩は、正格は二・四・六・八（一句目にふむこともある――変格）、七言律詩は、一・二・四・六・八（一句目はふまないこともある――変格）、となります。

韻字は、近体詩では、原則として平字（平声の字）を用います。平韻は三十種あり、便宜上十五種ずつ、上平、下平と分けます。なお、韻や平仄の基礎になる発音は、唐代の音であり、我が国に伝わった漢字音の旧仮名遣いによる字音表記でだいたいの見当はつきます。

4　近体詩の構成法

絶句の起承転結

絶句は最短の詩形です。だから一首の中にあれもこれも詠ずることはできません。詩人は、心の高まりや、感動を、一つのポイントを定めて表現します。風景でいえば、ある一点を切りとってくるのです。そこに詩人のセンスが表れます。つまり、詩人のセンスがもっとももものをいうのが、絶句という形式です。

絶句の場合、その構成法に「起承転結」ということがいわれます。うたい起して（起）──→それをうけて発展させ（承）──→場面を転換させ（転）──→それをうけつつ全体をしめくくる（結）、という構成法です。これは誰かが作り出したというようなものではなく、そうすることが四句の構成にもっとも効果的だというところから、長年かかって自然にいわれるようになったもので、すべての絶句がそうならなければならない、ということでもありません。

この起承転結で、もっとも肝要だとされるのが、転句です。ここがつまり一首のヤマになります。もし、ここが平凡だと、のっぺらぼうになってしまいます。短い詩形において、何の起伏もないのっぺらぼうでは、どうにもなりません。わが国では頼山陽が、この要諦を、次のような端唄《はうた》によって門弟に示したといいます。

〔起〕大阪本町《ほんまち》　糸屋の娘
〔承〕姉は十六　妹は十四
〔転〕諸国諸大名　弓矢で殺す
〔結〕糸屋の娘は　目で殺す

転句で、大名が弓矢で殺す、などとぶっそうなことをいう。糸屋の美しい娘に、一見何の関係もないことを持ち出し、殺すということにひっかけて、糸屋の娘が媚をふくんだ目で人を悩殺する、と結ぶ。これが転換の妙です。

律詩の構成

律詩は、二句一組みで一聯《いちれん》といい、四聯の構成をとります。第一句・第二句を首聯、第三句・第四句を頷《がん》聯《れん》（または前聯）、第五句・第六句を頸聯《けいれん》（後聯）、第七句・第八句を尾聯《びれん》といいます。そして、頷聯と頸聯は必ず対句《ついく》にする、というのが律詩の重要なきまりです。実例を示しましょう（解釈は一四二ページ参照）。

春望

国 破 山 河 在
城 春 草 木 深　　首聯

春望《しゅんぼう》　杜甫《とほ》

国破《くにやぶ》れて　山河《さんが》在《あ》り
城春《しろはる》にして　草木《そうもく》深《ふか》し

感時花濺涙　時《とき》に感《かん》じては　花《はな》にも涙《なみだ》を濺《そそ》ぎ
恨別鳥驚心　別《わか》れを恨《うら》んでは　鳥《とり》にも心《こころ》を驚《おどろ》かす　頷聯（対句）
烽火連三月　烽火《ほうか》　三月《さんげつ》に連《つら》なり
家書抵万金　家書《かしょ》　万金《ばんきん》に抵《あた》る　頸聯（対句）
白頭搔更短　白頭《はくとう》　搔《か》けば更《さら》に短《みじか》く
渾欲不勝簪　渾《すべ》て簪《しん》に勝《た》えざらんと欲《ほっ》す　尾聯

ただし、右の詩は、首聯も対句になっています。頷聯と頸聯は必ず対句にならなければなりませんが、首聯と尾聯は対句でなくてよいし、対句でもよい、ということです。だから、四聯とも対句の構成をとるものもあり、これを全対格《ぜんついかく》といいます。律詩の構成は四聯から成りますが、絶句のようにこれが起承転結の法をとるというのではありません。律詩のみどころは何といっても対句を中心とする構成美にあります。がっちりと組み上げ、練り上げた美しさ。無論ひらめきもセンスもたいせつですが、絶句のねらいとするところとはおのずから異なります。即興的に作る、というものではなく、公式の場での応酬や、あらたまった贈答などに用いられることの多い形式です。七言律詩は非常な力量を要するので、杜甫のような大詩人にしてはじめて自由自在に作り得る、とされます。

律詩の、中間の対句の部分がふえて、十句・十二句・またそれ以上になるものを排律《はいりつ》（または長律《ちょうりつ》）と呼びます。これは特殊なもので、重々しい場の応酬などに用いられます。作例は普通の律詩にくらべてずっと少ないのですが、杜甫はこの形式が得意で、四十句、六十句の長大作を多く作っています。中間にずらりと緊密な構成をとる対句を連ねた、その重厚さはまたみごとなものです。近体詩は、原則として同じ字を二度用いない、というきまりもありますから、技巧的にもたいへんで、広い学力が必要です（同じ字を二度用いない、といっても、「鳳凰台上鳳凰遊」とか、「無辺落木蕭蕭下」のようなのは差しつかえありません。不用意に、二度出てくるのがいけないのです）。

なお、排律はほとんどが五言の形で、七言排律というのはあまり作られません。

対句

律詩の場合、中間の対句の出来のよしあしが、作品の価値の八割がたを占める、といっても過言ではありません。それほどに対句は重要なものです。

対句は、句と句が向いあって、お互いに釣り合った状態になっているもので、対になるものは等質でなければなりません。たとえば、

(1) 花 ― 鳥　(2) 春風 ― 秋雨　(3) 白水 ― 青山　(4) 三五夜中 ― 二千里外

右の例は、それぞれ対になっているものです。一方が一字なら、一方も一字、二字なら二字、とまず字数がそろうことは当然ですが、名詞なら名詞、形容詞なら形容詞、その中でも、季節なら季節（(2)の例）、色

なら色（(3)の例）、数字なら数字（(4)の例）、と相対していなければなりません。前に掲げた、杜甫の「春望」から例を引きましょう。

国破　山河在
城春　草木深

傍線は名詞ですが、国―城、は同類のもの、山河―草木、もそれぞれ自然のものであると同時に、山と河、草と木、のように並列の関係で結ばれた語どうしです。また、破―春、在―深、はどちらも状態を表す語になっています。

感時　花濺涙
恨別　鳥驚心

感時―恨別、についてみれば、ともに上が動詞で、下がその目的語になっています。濺涙―驚心、も同様です。名詞はそれぞれ同類であることも一目瞭然でしょう。

対句は二句で一組みになるものですから、一句だけではよくわからないのが、二句そろうことによって、意味が立体的に浮び上がってくるという効果をねらいます。だから、緊密に相対する構成のほかに、あっというような意外性もたいせつですし、その上、これに音声的な約束である平仄まで満たさなければならないのです。対句の妙味はわかり出したらやめられないほどおもしろく、昔から、数多くの名対句集が作られているほどです。我が国の『和漢朗詠集』にも、中国・日本の名対句がたくさん取られています。そのうち一つだけ傑作を紹介しましょう。

早春

気●霽●風○梳○新○柳●髪●
氷○消○浪●洗●旧●苔○髭○

早《そう》春《しゅん》　都《みやこの》良香《よしか》

気《き》霽《は》れて　風《かぜ》は新柳《しんりゅう》の髪《かみ》を梳《くしけず》り
氷《こおり》消《き》えて　浪《なみ》は旧苔《きゅうたい》の髭《ひげ》を洗《あら》う

気―氷、風―浪、の同類の名詞、霽―消、梳―洗、の同類の動詞の対と緊密ですが、新柳髪―旧苔髭（どちらも植物を人間の毛に見立てている）の対のしかたのみごとさにはうならせられます。これは詩の一部ではなく、これだけのもの、つまり、対句のおもしろさだけをねらって作られたものです。この対句にまつわる話があります。都良香が初めの一句だけ思いついて、うまい対句はないか、と考え考え羅生門《らしょうもん》を通りかかると、上の方から声がして、後の句をいう。鬼が教えてくれたのです。しめたとばかり、何くわぬ顔をして、天皇にこの対句をご披露すると、天皇はじっと見ていて、「これは汝が作ったものではあるまい、鬼に教わったのだろう」といわれた、と。対句の傑作には、こういう話がまつわりがちなものです。（平仄がきれいに対照しているのにも注意。）

5　古詩

広くいえば、近体詩（絶句・律詩）以外のものが古詩になります。ただし、『詩経』と『楚辞』は除かれるのが通例です。古詩は二とおりに分けられます。

(a)近体詩成立以前の詩。これは、伝説の堯舜代の歌から、漢初の楚調の歌、魏晋南北朝の詩（ほとんどが五言詩）すべてが包括されます。南北朝の末期からは、近体詩成立の過渡的な、非常に近体に近いものも現れます。

(b)近体詩成立後の、近体のきまりに合わない詩。これは、近体とは明らかに違う形をしたものが多い（長い詩だとか、六句の短詩形だとか）。

古詩は、近体のようなきまりがない、というのが特色になります。つまり、

㈠句数自由。四句の最短から、二百句・三百句という長大なものまで、また奇数構成をとるものもあります。

㈡一句中の字数も自由。だいたいは五言・七言ですが、これが混ざっていたりします。

㈢韻のふみかたもいろいろ。だいたいは近体詩の押韻法に準じますが、すべての句末にふむものもあり、長い詩の場合など一首の中で幾種も韻を換えること（換韻という）もあります。

つまり、自由な形をとり、自由にうたうのが古詩の特色ですが、長いものと短いものとは、おのずからねらいが違ってきます。

(ア)短いもの。四句の、絶句と同じ形の古詩もありますが、古詩独特の最短形式は六句です。

送別

下馬飲君酒
問君何所之●
君言不得意
帰臥南山陲●
但去莫復問
白雲無尽時●

送《そう》別《べつ》　王《おう》維《い》

馬《うま》より下《お》りて　君《きみ》に酒《さけ》を飲《の》ましむ
君《きみ》に問《と》う　何《いず》くにか之《ゆ》く所《ところ》ぞと
君《きみ》は言《い》う　意《い》を得《え》ずして
南山《なんざん》の陲《ほとり》に帰臥《きが》せんと
但《た》だ去《さ》れ　復《ま》た問《と》うこと莫《な》からん
白雲《はくうん》は尽《つ》くる時《とき》無《な》し

（五言古詩、●印は韻字）

問答形式は、漢代の古詩にも、陶淵明にもある古風な形です。全体に、俗世間を超越した境地を、素朴な味わいでうたいます。短詩形の古詩の場合、このように、近体詩では出しにくい、古風な味、素朴な味をねらいにします。

(イ)長いもの。これは古詩の独擅場で、白居易の「長恨歌」のような、物語をうたう、いわゆる長編叙事詩などがこれに当たります。

代悲白頭翁

洛陽城東桃李花○
飛来飛去落誰家○
洛陽女児惜顔色▲
行逢落花長歎息▲
今年花落顔色改●
明年花開復誰在●
已見松柏摧為薪
更聞桑田変成海●

白頭《はくとう》を悲《かな》しむ翁《おきな》に代《かわ》る　　劉《りゅう》　廷芝《ていし》

洛陽城東《らくようじょうとう》　桃李《とうり》の花《はな》
飛《と》び来《きた》り飛《と》び去《さ》って　誰《た》が家《いえ》にか落《お》つる
洛陽《らくよう》の女児《じょじ》　顔色《がんしょく》を惜《お》しむ
行《ゆ》くゆく落花《らっか》に逢《お》うて　長歎息《ちょうたんそく》す
今年花落《こんねんはなお》ちて　顔色《がんしょく》改《あらた》まり
明年花開《みょうねんはなひら》いて　復《ま》た誰《たれ》か在《あ》る
已《すで》に見《み》る　松柏《しょうはく》の摧《くだ》かれて薪《たきぎ》と為《な》るを
更《さら》に聞《き》く　桑田《そうでん》の変《へん》じて海《うみ》と成《な》るを　（下略）

（七言古詩。○▲●は韻字。換韻している）

美しい青春の気分が桃の花びらとともにあやなして、絢爛たる絵まきをくりひろげ、古詩ならではの詩境があります。

古詩に含まれる「楽府《がふ》」はもとは音楽につけられた歌でしたが、後にはきまった題（「従軍行」とか「少年行」とか）のもとに作るものをいうようになります。

楽府はもと漢の武帝の時（前二世紀）に設けられた、朝廷の音楽を司る役所のことです。全国の民謡を採集して整理《アレンジ》し、これに歌詞をつけ、儀式や宴会などに演奏しました。楽府で集め整理された詩歌は、曲調によって分類され、後世に伝えられ、これを楽府詩、略して楽府、というようになりました。歴代の王朝も新しく楽府詩を加え、その全体の様子は、宋代に編集された『楽府詩集』（郭茂倩《かくもせん》の編）によって見ることができます。

一方、唐代になると、「涼州詞《りょうしゅうし》」などの新しい楽府詩が加えられるとともに、詩人たちが独自に、楽府詩を模したり、楽府詩の趣きにならった新しい詩を作り出しました。李白の「静夜思《せいやし》」、杜甫の「兵車行《へいしゃこう》」、白居易の「売炭翁《ばいたんおう》」などがそれです。これらを〝新楽府〟と呼んでいます。

楽府は、形の上では古詩と区別はありません。ただ、「君不見」（君見ずや）とか、「君不聞」（君聞かずや）という表現や、字余り、字足らずの句が混じるのは、楽府に多い句法です。だから、こういう場合は、楽府だと見当がつきます。

III　漢詩の味わい

1 自適

春暁

春眠不覚暁
処処聞啼鳥
夜来風雨声
花落知多少

春《しゅん》暁《ぎょう》　孟《もう》浩《こう》然《ねん》

春眠《しゅんみん》　暁《あかつき》を覚《おぼ》えず
処処《しょしょ》　啼鳥《ていちょう》を聞《き》く
夜来《やらい》　風雨《ふうう》の声《こえ》
花《はな》落《お》つること　知《し》る多少《たしょう》

（五言絶句、韻字は暁・鳥・少）

孟浩然（六八九―七四〇）、襄陽《じょうよう》（湖北省襄樊《じょうはん》市）の人。官吏登用試験に失敗して官職を得られず、襄陽郊外の鹿門《ろくもん》山に隠遁していた人物です。張九齢《ちょうきゅうれい》や王維、李白などとも交際がありました。この詩はそういう隠逸の暮しの中からうたわれたものと思います。

春眠　暁を覚えず

この詩のみどころはまずこの句にあります。春の眠りは、誰にも経験があるように、非常に気持がよい。冬の間の朝はそうではない。厳しい寒さですから、思わず寒気が忍び寄って目が覚めることもあるでしょう。長く辛い寒い冬は過ぎて、気持のよい春になったぞ、という気分を、暁を覚えず、という言い方で表現しています。これが詩人のセンスです。朝になったのが気がつかない、ヌクヌクした眠り、実にうまい表現です。

処処　啼鳥を聞く

起句を受けて、実際の情景を描いてみせた。啼鳥は鳥の鳴き声。処処とはところどころではなく、あちこちという意味です。あちらでもこちらでも、いかにも春が来ました、とばかり鳥の声が聞こえてくる。明るい感じ、これがまた冬の暗い感じと対照的なのです。作者は依然として、まだ寝床の中にいる状態。ああ、外は晴れだなあ、今日はとてもよい天気らしいぞ、と想像しています。

春眠 暁を覚えず

夜来　風雨の声

一転してその鳥の鳴き声から、ああ、そうだ夕べは吹きぶりだったなあ、と昨夜の回想になる。夜、風雨、という語が暗いムードをかきたてます。前半の明るいムードと全く違う。これが変転の妙味です。読者に、オヤッと思わせます。

花落つること　知る　多少

その吹きぶりによって、花がどれほど落ちていることやら、と結ぶ。多少、というのにはいろいろ意味がありますが、ここはどれほど、という疑問の意味です。どれほど落ちているかわからない、という言葉の裏には、さぞかしたくさん落ちていることだろうなあ、という想像があります。

ですから読者の眼前には、夜の暗いムードから一転して、庭に散り敷いた、水にぬれた花の赤い色が、パッと印象に飛び込んでくる。転句が暗いだけによけい印象が強くなってくるわけです。そしてそれが余韻となって、春の朝のけだるいような気分が漂います。みごとな収束です。この詩は起承転結の法の典型として、よく引き合いに出されます。

「春暁」というのは、まさしくこの詩全体をおおう題です。春の朝のどういうところに着目するかというのが、詩人のセンスになるのですが、隠者の暮しをしている作者は、寝床でうつらうつらとしている状態の中でそれをとらえます。孟浩然の詩には、この詩のように自然の景を明るく描き出し、そこに自分自身をとけ込ませてうたう詩が多いのです。

このような詩を味わう場合に、もし自分なら、春の朝をどういうふうにうたうかと考えてみるのも、一つの鑑賞法でしょう。

田園楽　其六
桃紅復含宿雨
柳緑更帯春烟
花落家僮未掃
鶯啼山客猶眠

田園楽《でんえんらく》　其《そ》の六《ろく》　王《おう》維《い》
桃《もも》は紅《くれない》にして　復《ま》た宿雨《しゅくう》を含《ふく》む
柳《やなぎ》は緑《みどり》にして　更《さら》に春烟《しゅんえん》を帯《お》ぶ
花落《はなお》ちて　家僮《かどう》　未《いま》だ掃《はら》わず
鶯啼《うぐいすな》いて　山客《さんかく》　猶《な》お眠《ねむ》る
（六言絶句、韻字は烟・眠）

王維（七〇一？—七六一？）、字《あざな》は摩詰《まきつ》。山西省太原《たいげん》の人。七二一年に進士に合格して役人となり、安禄山《あんろくざん》の乱でとらえられたこともありますが、尚書右丞《しょうしょゆうじょう》（次官クラス）という高位にまで進みます。熱心な仏教信者で、画もよくし、琴の名手でもありました。

「田園楽」は七首の連作で、その一つだけを見ます。この詩は一句が六字でできている六言絶句です。六言絶句というのは作例が少なく、王維のこの作品が最も有名です。これにならった作品はまだいくつかありますが、一般的形式にならなかったのは、やはり中国人のリズム感覚の中で、六言というのは五言や七言にくらべて落ち着きが悪かったものと思います。しかしこの詩は詩としては非常におもしろいものです。

桃は紅《くれない》にして　復《ま》た宿雨を含む　柳は緑にして　更に春烟《しゅんえん》を帯ぶ

対句です。この「田園楽」七首はみな前半の二句も後半の二句もすべて対句（全対格）になっているのが特色です。桃は紅《あか》く咲き、そして夕べの雨をしっとりと含んでいる。復たというのは、そして、というほどの軽い意味。桃の紅さ、それが夕べの雨を含んでますます輝いている様子。烟は煙と同じです。このあたり、「春暁」の「夜来 風雨の声、花落つること 知る 多少」が思われます。柳は緑に芽吹き、さらに春の霞《かすみ》を帯びている。この更《さら》にというのは、柳の芽のふく時には、それ自体がボーッとかすんだ霞のように見える、それが夕べの雨に、今朝はなおいっそう緑の色を増して見えるという意味です。

前半の二句は桃と柳の紅と緑のつややかな絵のような情景。

花落ちて 家僮《かどう》 未だ掃《はら》わず、 鶯啼いて 山客 猶《な》お眠る

花びらがはらはらと落ちて積っているが、家僮、召使いはまだ掃除もしない。鶯が高らかに鳴いているのに隠者先生はまだ眠っている。山客は隠者、作者自身と考えてもよい。山のすまいで鶯の高鳴く中に悠々と眠りを貪っている主人。召使いのほうも花を掃おうともせず、春の情景の中にひたりこんでいる、という趣です。高士、隠者といっても枯れたわびさび的情緒ではなく、おおらかにゆったりと、いかにも中国らしい情緒をうたったものです。

なおこの詩に対して、王維の研究家の故小林太市郎氏が、おもしろい解釈をしておられます。それは、これは王維の新婚の時の作品だ、というのです。「桃は紅にして 復た宿雨を含む」というのは微妙ななまめかしいことを言っているので、後半のところは、召使いも気をきかせてわざと起きてこないし、掃除をしないのだ、というふうにとっています。奇抜な解釈です。しかし、私はこの詩からある艶やかなものは感じます

けれども、それはむしろ高雅な境地をいうもので、李白の有名な「山中問答」(『新漢詩の風景』九九ページ参照)の中の「別に天地の人間《じんかん》に非《あら》ざる有り」といった趣だと考えます。

実は、もうお気づきの読者も多いと思いますが、この詩は孟浩然の「春暁」の補完作用をしています。「春暁」では、「啼鳥」といっている、その鳥は「鶯」だよ、「花落つること」といっている、その花は「桃」だよと、花びらがどれほど落ちているだろうというのは、家僮が掃除をしないからなのだ、とわかるのです。おそらく王維は孟浩然の名作に合わせてこの詩を作ったのでしょう。

この王維の「田園楽」には、模倣作がたくさんできましたが、そのうちの一つ、わが国の義堂周信の「扇面の山水」を見ましょう。

扇面山水

煙際松林蘭若
水辺楊柳漁家
高僧空鉢過午
釣叟晒罾日斜

扇面《せんめん》の山水《さんすい》　義《ぎ》堂《どう》　周信《しゅうしん》

煙際《えんさい》の松林《しょうりん》の蘭若《らんにゃ》
水辺《すいへん》の楊柳《ようりゅう》の漁家《ぎょか》
高僧《こうそう》は空鉢《くうはつ》にして　午《ひる》を過《す》ぎ
釣叟《ちょうそう》は罾《あみ》を晒《さら》して　日《ひ》斜《なな》めなり

(六言絶句、韻字は家・斜)

義堂周信(一三二五―一三八九)、土佐の人。夢窓《むそう》国師に学び、後、京都の南禅寺に住しました。絶海中《ぜっかいちゅう》

『唐詩画譜』より

津《しん》と並んで、五山文学の双璧とうたわれ、その詩集を『空華集《くうげ》』といいます。

「扇面の山水」とありますから、扇に書いてある山水の画に書きつけたものと思います。

　煙際の松林の蘭若《らんにゃ》、水辺の楊柳の漁家

煙はもや。際はその辺り。もやのたちこめる辺りの松林の中のお寺。蘭若は梵語《ぼんご》で寺のことです。水のほとりの柳の生い茂る漁師の家。王維にならい六言で対句仕立てになっています。

　高僧は空鉢《くうはつ》にして午《ひる》を過ぎ、釣叟《ちょうそう》は罾《あみ》を晒《さら》して日斜めなり

その松林の中では、高僧が托鉢をして帰って来たけれども、その鉢の中にはまだなにも入っていない。もう時刻は昼下がり。一方、水辺のほうの漁家では釣叟がいる。叟は中年過ぎの男をいうことばですから、漁師のおっさんというほどの意。その漁師が網を日に晒している。やがて日が斜めに傾く。罾《あみ》は四角に張った網、四つ手網です。

扇の中の画は、片方に、松林の中にお寺、そのそばに托鉢をして帰って来る和尚さんの姿、片方には、川のほとりに、柳が生えている漁師の家、そこで網を晒している漁師といった図柄になっていると思われます。

つまりこういう詩は、それがどうだというのでなくて、一つの雰囲気をうたえばそれでよいのです。王維の作品には、けだるいようなのどかな春の感じがうかがわれましたが、今度の場合にはなんとなくわびさび的な雰囲気が色濃く出ていると思います。王維の作品の模倣ではありますけれども、王維の作品にうかがわれるような彩色豊かなおおらかさとは違う、なにか墨絵的な洒脱な方向へいっているようで、その意味では日本の詩の特色を表しているといえるかもしれません。

なお、これには『和漢朗詠集』の僧の部にある、

蒼茫霧雨之霽初　寒汀鷺立
重畳煙嵐之断処　晩寺僧帰

蒼茫《そうぼう》たる霧雨《ぶう》の霽《は》れの初《はじ》め　寒汀《かんてい》に鷺《さぎ》立《た》てり
重畳《ちょうじょう》せる煙嵐《えんらん》の断《た》える処《ところ》　晩寺《ばんじ》に僧帰《そうかえ》る

の句の影響もあるかもしれません。

山中与幽人対酌

両人対酌山花開
一杯一杯復一杯
我酔欲眠卿且去
明朝有意抱琴来

山中《さんちゅう》　幽人《ゆうじん》と対酌《たいしゃく》す　　李《り》　白《はく》
両人対酌《りょうにんたいしゃく》して　山花《さんか》開《ひら》く
一杯一杯《いっぱいいっぱい》　復《ま》た一杯《いっぱい》
我《われ》酔《よ》うて眠《ねむ》らんと欲《ほっ》す　卿《きみ》且《しばら》く去《さ》れ
明朝《みょうちょう》意《い》あらば　琴《こと》を抱《いだ》いて来《き》たれ

（七言絶句、韻字は開・杯・来）

李白（七〇一―七六二）、字《あざな》は太白《たいはく》。太白は明星（金星）を意味し、母がかれをみごもったとき、宵の明星がふところに入る夢をみたのでつけられたといわれます。しかし、西域地方の大商人であったといわれる父の名も家系も、また、かれの生まれた所もわかっていません（現在のキルギス共和国のスーヤップで生まれたともいう）。少年時代を四川省に過ごし、隠者と交わり、小鳥と暮すという生活から、二十四、五歳のころ長江を下り、各地の遊侠の人々と交際します。ついで安陸（湖北省）に住み、また、徂徠《そらい》山に遊んで道士の仲間と交わり、「竹渓《ちくけい》の六逸《りくいつ》」と呼ばれる隠逸の生活も送りました。四十二歳、玄宗皇帝に召されて長安の都で宮仕えをします。玄宗と楊貴妃の華やかな牡丹の宴に呼ばれた李白は、泥酔のまま、玄宗お気に入りの側近、高力士《こうりきし》の前に足を投げ出して靴を脱がさせたという話も伝わっています。四十四歳、長安を追われ、洛陽では杜甫に出会って、各地を旅します。これ以後は不遇の生活です。五十六歳、永王の幕僚として念願の政治の舞台に復帰するのですが、反乱軍とみなされ、夜郎《やろう》（貴州省）に流されます。赦されてのち、当塗《とうと》（安徽省）の県令、李陽《りようひょう》冰のもとで病気でなくなります。六十二歳でした。一説に、長江上に舟を浮べて遊んでいたところ、酔って水に映る月影をとろうとして舟から落ち、溺れ死んだといいます。いかにも李白らしいということで言い伝えられたものでしょう。李白の一生にこのたぐいの話はたくさんあります。
幽人というのは隠者です。山の中で隠者と向かいあって酒を飲む、というのが題の意味です。

両人対酌して　山花開く

二人が向かいあって酒を飲むと、まわりに山の花が咲いている。この山の花は普通ツツジなどを考えますが、桐の花ではないかと思います。桐の花は長江の中流の辺りにはごく普通に咲く花で、いかにもきれいな紫色ですから、それがパッと咲いている情景はピッタリです。

一杯一杯　復た一杯

これが実はいかにも李白らしい型破りな表現なのです。二人が差しつ差されつするさまをいうのにこれ以上うまい表現はない。絶句のきまり、たとえば平仄とか、同じ字は二度使わないとかをわざと無視して、型破りの味を出しています。つまり、いかにも隠者らしく、世の中を離れてのんびりと酒を飲んでいる様子が彷彿とするのです。

後半の二句は、ふまえている故事があります。

我酔うて眠らんと欲す　卿《きみ》且《しばら》く去れ

実は陶淵明の伝記の中に、彼が酔っぱらってしまうと、客を前にして、お前は帰れ、僕は眠るからと言ったという逸話があります。それをそっくり用いているのです。卿という字は、自分と同等、もしくは目下の者に用いる二人称。私は酔ったからお前はあっちに行っていろという、陶淵明先生ばりの、ものにとらわれない様子。

明朝意あらば　琴を抱いて来たれ

明日の朝になって、また私と飲みたくなったら、今度は琴を抱いてやって来なさい。この琴も陶淵明の話に出てきます。淵明は琴が非常に好きで、よく奏《かな》でたが、それには絃が張ってなかったという。つまり無絃琴です。それでは鳴らないじゃないか、と思うでしょうが、鳴る鳴らないはどうでもよいのです。ただその琴を撫でているところに一つの高い風趣があるわけです。

全体にこの詩は、世俗を離れた高い境地を表そうとしたものです。その中で桐の花か何か、山の花のパッと赤い色が一つのアクセントになっているといえましょう。

鹿柴

空山不見人
但聞人語響
返景入深林
復照青苔上

鹿《ろく》柴《さい》　王《おう》維《い》

空山《くうざん》　人《ひと》を見《み》ず
但《た》だ人語《じんご》の響《ひび》きを聞《き》く
返景《へんけい》　深林《しんりん》に入《い》り
復《ま》た照《て》らす　青苔《せいたい》の上《うえ》

（五言絶句、韻字は響・上）

王維は都の南の輞川《もうせん》という所に別荘を持っていました。これは王維より五十年ぐらい前の宋之問《そうしもん》という詩人の別荘だったのを、貰い取ったものです。役人務めの暇々に別荘に来て自適の生活を送りました。こういう生活を「半官半隠」といいます。半分役人で半分隠者。その輞川の別荘に二十ヶ所の名勝があり、一つ一つ名前がついていて、その一つが鹿柴です。鹿を防ぐ柵《さく》という意味ですが、当時野生の鹿が多かったものとみえます。なお、二十景には土手やくぼ地や湖などの名も見えますので、相当大きな別荘だったようです。当時の高級官僚がどういう生活をしていたかを考える資料となりましょう。この広い別荘の中での自適の生活の一コマです。

空山　人を見ず

空山とは人気のない山。秋になってすっかり木の葉を落とした山の意味もありますが、ここではそうではありません。シーンとした山に、人の姿が見えないのです。

但だ人語の響きを聞く

姿は見えないが、ただ人の言葉の響きが聞こえるばかり。このなにげない表現の中に、静けさをきわだたせる工夫が見てとれます。何もいない、何も物音がしないというよりも、わずかに声だけが聞こえるというほうが、いかにも深閑とした様子をきわだたせます。たとえば、静かな部屋の中に時計がカチカチと聞こえるという手法と同じです。

返景　深林に入り、復た照らす　青苔《せいたい》の上

この詩は後半がすばらしい。返景は夕陽の光、景は光です。夕方になって太陽の光は低い所から斜めに照らしてきますから、深い林の中にも入り込んでくるのです。真上から陽が照らしてくれれば、深林の中には光が入りません。普段は陽の光に照らされることのない青苔が、その斜めの夕陽に照らし出されるわけです。このへんもなにげない表現ですが理屈に合っているのです。青と赤の色が出てきますが、原色のケバケバしさではなくて、赤は夕陽の光であり、青は苔《こけ》の色ですから、一種のわび・さび的なムードの色です。お互いに照りはえ合って絵のような情景です。王維は詩も画もよくしたので、「詩の中には画があり、画の中には詩がある」と評されますが、この詩にも王維の画才がうかがえる心地です。

　この詩のねらいは何かというと、ここには俗世間とは違う世界があるぞ、という高さをうたうところなのです。輞川二十景にはそれぞれに詩がありますが、その中の一つに、人知れず咲くあやしげな花をとらえた詩もあります。俗世間を離れたえもいわれない、高い深い境地をうたおうとしたものなのです。

　韻は響《きょう》と上《じょう》で、平らな音ではなく仄声韻です。「人」と「林」が、ジン、リンといかにも韻のようですが第三句には絶対韻をふまないので、まちがえないように（三三ページ参照）。

尋胡隠君

渡水復渡水
看花還看花
春風江上路
不覚到君家

胡隠君《こいんくん》を尋《たず》ぬ　高《こう》啓《けい》

水《みず》を渡《わた》り　復《ま》た水《みず》を渡《わた》る
花《はな》を看《み》　還《ま》た花《はな》を看《み》る
春風《しゅんぷう》　江上《こうじょう》の路《みち》
覚《おぼ》えず　君《きみ》が家《いえ》に到《いた》る

（五言絶句、韻字は花・家）

高啓（一三三六―一三七四）、字《あざな》は季迪《きてき》、号は青邱《せいきゅう》。長州（江蘇省蘇州）の人。明《ミン》の洪武帝に招かれて『元史』の編纂に加わり、戸部侍郎《こぶじろう》（大蔵次官）に登用されますが、辞して故郷に帰り、呉淞江《ごしょうこう》の青邱に住みます。しかし、友人の罪に連座して腰斬りの刑に処せられました。三十九歳でした。明代第一の詩人です。その詩には唐風があるといわれます。この詩も短い中に深い味わいが感ぜられます。

胡隠君とは胡という名の隠者のことです。故郷の蘇州の辺りで作ったものでしょう。この辺りは水郷です。大小の川が縦横に流れ、たくさんの橋がかかっています。

水を渡り　復た水を渡る、　花を看　還た花を看る

いかにも水郷ならではという表現。「水を渡る」と「花を看る」が二度くり返されますが、こういう表現は絶句ではあまりしません。なぜなら絶句は短く、字数が限られているので、同じ字が何度も出てくるとそれだけ味わいが薄くなります。ところがこの詩の場合はそれを逆手に取って、かえって素朴・古風な味を出そうとしているのです。わざと規則はずれのことをして、のんびりとした味を出した。あちらの川こちらの川と小舟で行き、そして岸辺に咲く花を見、また、向うの岸の花を見る。「また」と読む字が二度出てきますが、意味は同じで、これは同じ字のくり返しを避けたのです。

春風 江上の路、覚えず 君が家に到る

「上」はほとりです。川のほとりの道をソヨソヨと吹く春風に吹かれながら、プラリプラリとゆくと、知らず知らずにあなたの家に着きました。

この詩のみどころは、前半わざと古風な表現で素朴な味を出し、後半のんびりしたムードを出しているところにあります。相手は隠者だから、隠者を訪ねるのにふさわしい訪ね方をします。何時何分と約束するのではなく、春風に吹かれてプラプラと訪ねてゆくのです。そこに味がある。ひょっとしたら胡隠君はいないかもしれません。中国の詩の世界には隠者を訪ねて会えない、という趣向の詩があります（『新漢詩の風景』一五六ページ参照）。隠者はいないほうが、隠者の飄々《ひょうひょう》たる味を出す、そこにおもしろみを見つけたのです。この詩も、そう考えてみるとなおおもしろいでしょう。

香炉峰下　新卜山居
草堂初成　偶題東壁　　白《はく》 居易《きょい》
日高睡足猶慵起
小閣重衾不怕寒
遺愛寺鐘欹枕聴
香炉峰雪撥簾看

香炉峰下《こうろほうか》、新《あら》たに山居《さんきょ》を卜《ぼく》し、
草堂《そうどう》初《はじ》めて成《な》り、偶《たま》たま東壁《とうへき》に題《だい》す
日《ひ》高《たか》く　睡《ねむ》り足《た》りて　猶《な》お起《お》くるに慵《ものう》し
小閣《しょうかく》に衾《ふすま》を重《かさ》ねて　寒《かん》を怕《おそ》れず
遺愛寺《いあいじ》の鐘《かね》は　枕《まくら》を欹《そばだ》てて聴《き》き
香炉峰《こうろほう》の雪《ゆき》は　簾《すだれ》を撥《かか》げて看《み》る

匡廬便是逃名地
司馬仍為送老官
心泰身寧是帰処
故郷何独在長安

匡廬《きょうろ》は便《すなわ》ち是《こ》れ　名《な》を逃《のが》るるの地《ち》
司馬《しば》は仍《な》お　老《お》いを送《おく》るの官《かん》たり
心泰《こころやす》く　身《み》寧《やす》きは　是《こ》れ帰《き》する処《ところ》
故郷《こきょう》　何《なん》ぞ独《ひと》り長安《ちょうあん》にのみ在《あ》らんや
（七言律詩、韻字は寒・看・官・安）

白居易（七七二―八四六）、字《あざな》は楽天《らくてん》。陝西省《せんせい》渭南《いなん》の人です。八〇〇年、進士の試験に及第して役人となり、中途で潯陽《じんよう》（江西省九江）に左遷されたこともありますが、刑部尚書《けいぶしょうしょ》（法務大臣）にまで進みました。中唐の代表的な詩人です。韓愈の〝奇険〟といわれる詩とは対照的に、平易な詩が多く、「新楽府《しんがふ》」などの諷喩《ふうゆ》詩で青年時代の政治の理想をうたったものがありますが、晩年は閑適・感傷の詩を多く作っています。「長恨歌」「琵琶行」など、日本でも古くから読まれた詩がたくさんあります。

白楽天が潯陽に左遷されたのは四十四歳の時で、江州司馬というのが与えられた官職です。司馬は軍事・警察をつかさどる職ですが、実は都から地方へ流された者の就く閑職なのです。江州は、北に長江、南に廬《ろ》山《ざん》、東に鄱陽《はよう》湖という、有数の景勝地で、長江がここに至って九条に分かれるところから九江と名づけられたといいます。そこで、左遷のつれづれのままに、廬山のふもとに山荘をかまえたのです。

山居を卜《ぼく》したとは、山のすまいを作った、ということです。卜はうらないです。家を造る時まず地を占うので、家を造ることを、居を卜すというのです。その山荘ができたばかりの時に、なにげなしに東の壁に書きつけた、ということ。偶《たまたま》とは、気のむくままにぐらいの軽い意味です。

日高く　睡《ねむ》り足りて　猶お起くるに慵《ものう》し、小閣に衾《ふすま》を重ねて寒を怕《おそ》れず

日が高くさし昇り、眠りは充分に足りたが、まだ起き上がるには、なんとなくものうい。小さな山荘の中で、掛けぶとんを重ねているから寒さは心配ない。まず第一句、第二句で、小さな山荘であるけれど、そこでぬくぬくとしている様子が描かれます。

遺愛寺の鐘は　枕を欹《そばだ》てて聴き、香炉峰の雪は　簾《すだれ》を撥《かか》げて看る

この山荘からほど近い遺愛寺の鐘が枕ごしに聞こえてくる。枕を欹てて聴く、というのはどういうことか、昔から議論のあるところですが、要するに枕をして寝ているのを、ちょっと枕をずらして耳を澄ますことでしょう。耳を澄まして遺愛寺の鐘の音を聴き、また簾を召し使いにはね上げさせて、香炉峰の雪を寝床の中から見る。この二句はたいへん有名です。遺愛寺、香炉峰という三字の固有名詞を巧みに対句に用い、悠々閑々の暮しぶりをうたっています。

ちなみに、清少納言の『枕草子』に、「香炉峰の雪はいかならん」という中宮のおおせに対して、清少納言がするすると御簾《みす》を上げてみせたという文章がありますが、その出どころはこれです。前半の二聯は、自適の境地をうたっています。一種とぼけたような、人を食ったような居直りの態度が、見てとれます。

匡廬《きょうろ》は便《すなわ》ち是れ　名を逃るるの地、司馬は仍《な》お　老を送るの官たり

匡廬というこの地方は、名を逃れるのにはよい所だ。匡廬とは廬山のこと。昔、匡という隠者がここに廬《いおり》をかまえていたのでこういうのです。名を逃れるとは、浮世の名声とか名誉から逃れることです。都を遠く離れ、景色もよいし、禅寺などもたくさんある。廬山の辺りは本当に世俗の名誉から逃れるのにはよい所だ。また、自分が今ついている司馬という役職は、閑職であるから、これでも老年を送るのには充分。仍お、とは、それでもなお、の意。つまり、司馬はなるほど都の官から見ると、つまらぬ官ではあるが、それでも老年を過ごすという観点からすると、ふさわしい役職である、ということです。

香炉峰（©シーピーシー）

心泰《やす》く　身寧《やす》きは　是れ帰する処、故郷　何ぞ独り　長安にのみ在らんや

住んでいる所もよいし、ついている官職も向いている。心が泰らかで、身が寧らかということが、究極の目的であ

る。帰する処とは、つまり人間としての帰着点、という意味です。心泰く身寧き、というのは心身泰寧《たいねい》というのを、互い違いに言ったものです。こういうのを互文《ごぶん》といいます。日進月歩（日に月に進歩する）などと同じ例。心も身もやすらかであるのが、人生の帰着点である。だから、故郷はどうして、都の長安にばかりあるだろうか、いやここも故郷みたいなものだ、身を落ち着ける場所としてふさわしい所だ、ということです。

左遷された者は、長安に帰りたがるのが常です。それをふまえて、いやそうではないぞ、私は左遷されて来たここが非常に気に入ったから、ここでむしろ老年を送ってもいいんだ、長安、長安と言うことはないではないか、と悟りすましたような心境をうたっているのです。しかしながら読者は、こういうことをわざわざいう作者の心境を、もう一つ考えることができます。左遷されたということは、詩人にとってもたいへんショックなことなのです。そのショックを、このように、表面はショックをのりこえたようにうたって悟りすましてみせ、真意を読者に訴えかけようとしたのだと思います。悟るどころか、事実彼はこの後、まだまだ波瀾に富んだ人生を送ります。役人を辞めるわけでもなければ、ここで老年を送ったわけでもありません。

なお、この詩は、第三句、第四句の一聯がたいへん有名なので、知られているのですが、よくよく見ますと、たとえば、便《すなわ》ち是《こ》れ、の是れという字が、是れ帰する処、という風に二度出てきていますし、俗語的な表現も見られますので、詩としてはあまり練れていません。恐らく、すらすら作ったものでしょう。

無題

無《む》題《だい》　夏目《なつめ》漱石《そうせき》

仰臥人如啞
黙然見大空
大空雲不動
終日杳相同

仰臥《ぎょうが》 人《ひと》 啞《あ》の如《ごと》し
黙然《もくぜん》 大空《たいくう》を見《み》る
大空《たいくう》 雲動《くもうご》かず
終日《しゅうじつ》 杳《よう》として相同《あいおな》じ
（五言絶句、韻字は空・同）

夏目漱石（一八六七―一九一六）、本名を金之助といい、東京の出身です。少年時代には三島中洲《ちゅうしゅう》の開いた二松学舎に学び、漢詩文の素養を積みました。その後、東大に進み英文学を修めましたが、予備門（今の教養学部）時代には正岡子規とあい知り、詩のやりとりなどをし、子規の影響を受けたようです。習作時代ともいうべきころで、七言絶句や五言律詩など、かなり整った作品を残しています。

大学を卒業して、松山の中学を経て、熊本の旧五高に赴任したころ、同僚に長尾雨山がおり、詩の添削を受けています。このころの作には、深味のある長篇の古詩があります。やがて、ロンドンに留学し、漢詩のほうは中断しますが、この「無題」の作られたころから、また復活し、大正五年の死まで続きます。このころは大学もやめ、文筆一すじに打ち込んだ時期で、詩は独特の風を築き、ことに禅味を強く帯びてきます。死ぬ年の、小説『明暗』を書きながら連作した、七言律詩の作品群は、日本の漢詩の歴史の中でも、ユニークな足跡を残しています。

漱石がこの詩を作った時は大病の後でした。「修善寺の大患」といわれています。漱石は胃の病に一生苦しめられましたが、この時も大吐血をして生きるか死ぬかという状態でした。それが一段落ついて、一種の悟りのような境地に入った、その境地をうたった連作のうちの一つです。明治四十三年九月二十九日の日付がついています。

仰臥 人 唖の如し　　仰むけにひっくり返って寝て、じっと黙っている。
黙然 大空を見る　　黙然と寝ていると、大空が眼に入る。
大空 雲動かず　　大空には雲がじっと動かずにいる。
終日 杳《よう》として相同じ　　一日中動かない雲の様子、それを見ている自分、はるかに相対している。

杳、というのが縹《ひょう》緲《びょう》とした感じを与えます。遠い空の雲、病室に寝ている作者、その間に通じ合うものがあります。

この詩は、李白の「独り敬亭山に坐す」という詩がもとになっているようです。

独《ひと》り敬亭山《けいていざん》に坐《ざ》す
衆鳥《しゅうちょう》 高《たか》く飛《と》びて尽《つ》き
孤雲《こうん》 独《ひと》り去《さ》って閑《かん》なり
相看《あいみ》て両《ふた》つながら厭《いと》わざるは
只《ただ》敬亭山《けいていざん》有《あ》るのみ

独坐敬亭山
衆鳥高飛尽
孤雲独去閑
相看両不厭
只有敬亭山

（五言絶句、韻字は閑・山）

山と相対して、じっと見ている李白。漱石の詩境とかようものがあるでしょう。

この詩の中に「大空」という語が出てきますが、この場合適切な表現といえるかどうか。日本人臭い用法かもしれません。文字どおり大空《おおぞら》なのですが、普通なら「長空」とか「碧空」というところ。しかし、ここでは「大空」といいたい気分のところです。大きな空の中にポツンと浮ぶ雲が、いかにも象徴的です。生死の関頭を抜け出た人でなくてはいえない、という感じがよく出ています。なおこの詩は伊豆の修善寺に石に彫られてあるそうです。

2　自然

山行

遠上寒山石径斜
白雲生処有人家
停車坐愛楓林晩
霜葉紅於二月花

山《さん》行《こう》　杜《と》牧《ぼく》

遠《とお》く寒山《かんざん》に上《のぼ》れば　石径斜《せっけいなな》めなり
白雲《はくうん》生《しょう》ずる処《ところ》　人家《じんか》あり
車《くるま》を停《と》めて坐《そぞ》ろに愛《あい》す　楓林《ふうりん》の晩《くれ》
霜葉《そうよう》は二月《にがつ》の花《はな》よりも紅《くれない》なり

（七言絶句、韻字は斜・家・花）

杜牧（八〇三—八五三）、字《あざな》は牧之《ぼくし》。晩唐の第一の詩人といわれます。長安、今の西安（陝西《せんせい》省）の人で、祖父の杜佑《とゆう》は有名な歴史学者で宰相、一家には高級官僚が多く出たという家柄です。二十六歳で進士に合格し、官僚としてのエリートコースを踏み出しますが、若いころ揚州に赴任し、大いに遊び暮しました。揚州は繁華な都で、酒もうまいし、女性もきれい、そこへもってきて杜牧は毛並もよく、秀才でしたから、大いにもてたとみえます。このころのことをうたった艶っぽい詩もあります。中年過ぎから地方官を歴任し、剛直の人としてその才も認められたのですが、結局出世はできませんでした。それは一つには弟の眼病という不幸をしょったのも原因です。弟の顗《ぎ》も高級官僚でしたが、三十そこそこで眼が見えなくなり、その眼病を治してやろうと、あちこちの名医を訪ね歩き、お金もかかった。それで中央の官僚よりも収入のよい地方長官を自分で志望したのです。中年になっての挫折感をうたった詩があります。

懐《おもい》を遣《や》る
江湖《こうこ》に落魄《らくたく》して　酒《さけ》を載《の》せて行《ゆ》く
楚腰繊細《そようせんさい》　掌中《しょうちゅう》に軽《かろ》し
十年一覚《じゅうねんいっかく》　揚州《ようしゅう》の夢《ゆめ》
贏《あま》し得《え》たり　青楼《せいろう》　薄倖《はっこう》の名《な》

遣懐
落魄江湖載酒行
楚腰繊細掌中軽
十年一覚揚州夢
贏得青楼薄倖名
（七言絶句、韻字は行・軽・名）

江南地方に遊び暮し、酒を舟に乗せてどこへでも行ったし、昔の楚の国の美女もかくやとばかり、ほっそりした腰の女を抱いたものだ。それから十年、ハッと揚州の夢から覚めてみると、残ったものは青楼《いろまち》での浮気おとこの評判ばかり。

禅院《ぜんいん》に題《だい》す
觥船一棹《こうせんいっとう》　百分《ひゃくぶん》空《むな》し
十歳《じっさい》の青春《せいしゅん》　公《こう》に負《そむ》かず
今日鬢糸《こんにちびんし》　禅榻《ぜんとう》の畔《ほとり》
茶煙軽《ちゃえんかる》く颺《あが》る　落花《らくか》の風《かぜ》

題禅院
觥船一棹百分空
十歳青春不負公
今日鬢糸禅榻畔
茶煙軽颺落花風
（七言絶句、韻字は空・公・風）

大さかずきに酒をなみなみ、グイと呑みほして、青春十年したいほうだい。今や白髪のめだつ中年となって、禅寺のほとりにたたずめば、茶の葉を煎《い》る煙が花びらを散らす風にゆらめきのぼる。

このほろにがい感傷のムードが杜牧の一つの持ち味です。

では、「山行」の詩を見ましょう。杜牧は晩年地方暮しが多かったので、この作品もある地方での作品と思われます。今日、長沙（湖南省）の郊外にこの詩にちなんで作った「愛晩亭」があります。（杜牧は実際に長沙まで行ったことはないようですが。）

遠く寒山に上れば　石径斜めなり

寒山とは、晩秋になって木が色づいたり葉が落ちたりした、もの寂しい山。その寒山に上っていくと石の小路が斜めに続いている。石径斜なり、ということで視線が上の方にいきます。視線のいく所に、

白雲生ずる処　人家あり

山の峰の方に白い雲が湧いている、その辺りに人家が見える。白をバックにして黒い人家が見えるわけです。この白雲は、ただ白い雲という意味ではありません。一種の隠者の世界の雰囲気をかもし出すのです。白雲は隠者の世界につきものです。白雲生ずる処人家あり、というこの人家は、人里離れて暮している隠者の家かもしれません。これを、白雲は白煙なりとし、人家の炊事の煙がたなびいていると解釈する人もいますが、それでは詩はぶちこわしです。前半の二句で、山の静かな雰囲気、脱俗の世界が描かれます。

車を停めて坐《そぞ》ろに愛す　楓林の晩《くれ》

一転して、詩人は車に乗っている。山登りだから車はおかしい、輿《かご》だと解釈する人もいますが、これは普通に人間が手で押す手押車のようなもので、大げさなものを考えなければよいのです。また、山登りといってもいわゆる登山ではなく、小高い所を手押車でゆるゆると上ってゆく山歩きです。岡のようなところへ登っていくのです。ですから、第一句で「遠く上る」といったのは、物理的に遠いのではなく、心理的に遠いことがわかります。すなわち、俗世間から遠く離れている、という気分。「遠」の字には一字千鈞の重みがあります。

さて、この辺が景色がよい、ということで止めてみる。愛する、というのは愛でる、観賞すること。坐は、そぞろに、という副詞になります。気のむくままにと訳してもよいでしょう。気のむくままに楓の林の夕暮の景色を愛でるのです。

霜葉は二月の花よりも紅なり

楓の葉はすっかり晩秋の霜に打たれて、真っ赤に色づいている、その色は二月に咲く花よりも、もっと赤い、という意味です。二月の花というのは、普通には桃の花が頭に浮びます。霜に打たれた楓の葉を、桃の花よりももっと真っ赤、というのは一つの発見でしょう。今、折しも夕暮の赤い夕陽が山に射し込んで、真っ赤な葉に一層赤さを添えている、そういう情景。なにげない表現ですけれども、二月の花よりも紅なり、といったとき、当時の読者は、アッといった。それくらいの奇抜な趣向になっているわけです。今日ではこの詩はたいへん有名ですから言い古されたようなことになっていますが、実はたいへん新しい趣向なのです。杜牧という人は色彩感覚にも優れた人で、そういう感覚がよく表れた、風流な趣の詩です。

江南春

千里鶯啼緑映紅
水村山郭酒旗風
南朝四百八十寺
多少楼台煙雨中

江南《こうなん》の春《はる》　杜《と》牧《ぼく》

千《せん》里《り》鶯《うぐいす》啼《な》いて　緑《みどり》紅《くれない》に映《えい》ず
水村山郭《すいそんさんかく》　酒旗《しゅき》の風《かぜ》
南朝四百八十寺《なんちょうしひゃくはっしんじ》
多少《たしょう》の楼台《ろうだい》　煙雨《えんう》の中《うち》

(七言絶句、韻字は紅・風・中)

この作品は「江南の春」とありますので、作られた場所は大体のところははっきりしています。ことに後半は江南の中心地金陵、今の南京辺りが舞台になっています。杜牧は揚州に長いこといましたし、また、長江のちょっと上流になる宣城《せんじょう》や池州《ちしゅう》（貴池）の辺りにも長くいましたので、そのころのものと思われます。

千里鶯啼いて　緑　紅に映ず

第一句はまず、大きな情景を、思いきった表現でつかまえます。千里四方に鶯が鳴いている、そして緑の葉の色と赤い花の色とが照り映えている、と、いかにも広々とした江南の農村の風景です。ちょうど飛行機か何かに乗って、高い所から見渡したような情景です。千里四方の鶯が聞こえるはずがない、十里のまちがいだ、などという説をたてる人がおりますが、それではこの大きさはとらえられません。むろん千里の向うの鶯は聞こえるはずはない、しかしそこをあえて「千里鶯啼いて」ということによって、この江南地方の広々とした農村の情景をつかまえようとしたのです。試みに中国の地図を開いてみますと、この江南の辺り、長江の下流の南の方は緑色の平野です。見渡す限りの平野が続く、その気分がまずとらえられています。初唐の杜審言《としんげん》の詩に「梅柳　江を渡りて春なり」という句があります。中国では川は西から東へ流れていきますので、梅とか柳とかが、一つ一つと川を越えだんだん南の方から色づいてきて、そして春になってゆくという情景をとらえた句ですが、それなどと通うものがあります。

水村山郭　酒旗の風

第二句は、その大きな情景を受けて、比較的近い景色をとらえています。川のほとりの村、山のすその村、酒屋の目印ののぼりに吹く春風。郭も村のことです。中国では町でも村でも城郭を廻らしているので、水村山郭と使い分けていますが、村のことです。ここは水郷地帯ですから、たくさんの川が流れています。そして山といっても小高い丘のようなものですが、そういう丘の麓にはまた村もある。そしてこの詩のポイントになるのは「酒旗」です。青い旗を竹竿の先に付けたのぼり、それが酒屋の目印です。その目印ののぼりが、あっちこっちに春風にひらひらと見えるという情景、このなにげない情景が実は、杜牧の発見した世界なのです。見渡す限りの春景色の中でいちばん目につくもの、それが酒旗だったわけです。酒旗に吹く春風の中に、江南の春の最も典型的なものをとらえたといえるでしょう。あるいは杜牧は酒好きだったので酒屋の目印に目がいったのかもしれません。これに関連して「清明《せいめい》」の詩句が思い出されます。

清《せい》　明《めい》

清明《せいめい》の時節《じせつ》　雨紛紛《あめふんぷん》
路上《ろじょう》の行人《こうじん》　魂《こん》を断《た》たんと欲《ほっ》す
借問《しゃもん》す　酒家《しゅか》は何《いず》れの処《ところ》にか有《あ》る
牧童遥《ぼくどうはる》かに指《ゆび》さす　杏花《きょうか》の村《そん》

清　明

清明時節雨紛紛
路上行人欲断魂
借問酒家何処有
牧童遥指杏花村

（七言絶句、韻字は紛・魂・村）

いかにも杜牧らしい詩です。気の滅入るような雨の清明節（春分後一五日目）、道中ふとのどが渇いて、酒屋はないかと牛飼いの子にきくと、あっち、と指さすかなたに、杏の花咲く村。花かげにはチラチラ酒旗が見えることでしょう。

さて、「江南の春」に戻ると、前半は、大きな景色と近い景色とで、江南の農村の明るい風景を描き出します。ところが後半は一転して、雨です。

南朝　四百八十寺、多少の楼台　煙雨の中

南朝時代の四百八十もの寺、そのたくさんの楼台が、煙雨、ボーッとけぶる春雨の中に見える。多少とは、たくさんという意味です。孟浩然の「春暁」に「花落つること知る多少」とありましたが、その多少（どれほど）とは意味が違います。四百八十もの寺の五重の塔やら鐘楼やらが、ボーッと春雨の中にけぶって見える、という情景。南朝という時代は、貴族の華やかな時代でした。そして仏教の栄えた時代です。都はこの詩の舞台の今の南京（当時の建康）です。ことに梁《りょう》という時代は仏教の最盛期で、四百八十はおろか六百余りも寺があったといいます。唐に入りますと、都も北の長安へ移って、ここは見捨てられたような地方になり、往時の栄華は偲《しの》ぶよすがもなくさびれているわけです。そのようすが春雨の中に見え、何ともいえない栄枯盛衰の感傷のムードが漂っています。ちょうど我々が奈良とか京都とか、古い都へ行って、小高い所から春雨の中に五重の塔などを望んでみると、似たような雰囲気になるかと思います。

後半は以上のように古い都の雨のたたずまい、前半は明るい農村の晴の景色、全く違うものを二つ詠《よ》み込んでいます。では、ばらばらでどちらに焦点が置かれているのかわからないじゃないか、というふうに感ずるかもしれませんが、実はそうではなく、ここで題を見なければなりません。「江南の春」です。唐の人々は江南という言葉を口にした時、頭に描くイメージがいくつかあります。まず南の方ですから気候は温暖、そして明るい、広々とした農村、美しい風景。と同時に、南朝の栄華を秘めた古い都のイメージ。この二つの柱を最も典型的な情景の中でとらえようとしたのです。懐古のムード、それは春雨の中でこそふさわしく、また明るい農村というものは見渡す限りの春景色の、晴れた天気の中でこそふさわしい、というわけで、この二つを詠み込んだのです。そう見てみると、この二つは非常によくとけ合って、わずか二十八字の中に江南のムードをとらえて余すところがありません。

望廬山瀑布

日照香炉生紫烟
遥看瀑布挂前川
飛流直下三千尺
疑是銀河落九天

廬山《ろざん》の瀑布《ばくふ》を望《のぞ》む　李《り》　白《はく》

日《ひ》は香炉《こうろ》を照《て》らして　紫烟《しえん》を生《しょう》ず
遥《はる》かに看《み》る　瀑布《ばくふ》の前川《ぜんせん》に挂《か》かるを
飛流《ひりゅう》　直下《ちょくか》　三千尺《さんぜんじゃく》
疑《うたが》うらくは是《こ》れ　銀河《ぎんが》の九天《きゅうてん》より落《お》つるかと

（七言絶句、韻字は烟・川・天）

李白の詩は自由奔放で勢いがよく、しかも奇抜な着想に富むところに特色があります。この詩もそうした詩の一つです。
盧山は長江中流の名山です。六朝時代、この辺りに陶淵明や高僧慧遠《えおん》がいました。中国で有数の景色のよい所で、たくさんの峰や滝があり、今日でも保養所などの置かれているいい所です。その盧山の瀑布、滝を望んだという詩です。

日は香炉を照らして　紫烟《しえん》を生ず

香炉とは峰の名前。形が香炉に似ているところからこの名がついたといいます。香炉といったので縁語として紫烟という言葉が出てくる。ちょうど香炉の中にお香を炷《た》いて、その紫烟がゆらゆらとのぼっているという情景にたとえたわけです。この地方は仏教のメッカで、たくさんの寺院があることも意識しているでしょう。太陽がさんさんと香炉峰の峰にあたって、もやがぽーっと浮かんでいる、という情景。

遥かに看る　瀑布の前川に挂《か》かるを

遥か向こうの方に滝がドーッと流れていて、前の川にかかっているのが見える。長川を挂く、となっているテキストもありますが、それだと、滝が長々と流れ落ちている、の意になります。作者は、香炉峰を望む小高い所から見ているものとみえます。

飛流直下　三千尺、疑うらくは是れ　銀河の九天より落つるかとこの詩のみどころは後半です。その滝の飛ぶような流れが真っすぐに下って三千尺。一尺を三十センチとしますと、三千尺では約千メートル。千メートルも落ちる滝があるわけはない。それをあえて言うのです。飛ぶような流れがドーッと三千尺も真っすぐに落ちてゆく、まるでそれは天の河が空の高い所から落ちてくるかと疑われるようだ。疑うらくは是れ、とは何々かと見まごう、という意味。天の河が空の高い所（九天）から落ちてくるんじゃないかと思われる。この詩のミソはこの句の着想の奇抜さにあります。こういう着想は李白の独擅場です。奇想天外より落つ、という表現がありますが、まことに奇想天外な発想です。三千尺というのも彼の最も得意な表現で、白髪三千丈（秋浦歌）という詩もあります。力感にあふれた勢いのよい李白らしい詩です。

なおこの作品が、後世は、絵の題としてよく描かれるようになりました。「盧山観瀑図」という図です。その絵柄は、たいてい向こうの方に香炉峰が見え、その香炉峰のちょっと下の方に長々と滝が流れている。こちらの張り出した崖の上に李白先生らしい人物がそれを眺めていて、まわりに子供がはべっているという情景になっています。

下翠岑

担薪下翠岑
翠岑道不平
時息長松下

翠岑《すいしん》を下《くだ》る　良《りょう》寛《かん》

薪《たきぎ》を担《にな》うて翠岑《すいしん》を下《くだ》る
翠岑《すいしん》　道《みち》平《たい》らかならず
時《とき》に息《いこ》う　長松《ちょうしょう》の下《もと》

静聴春禽声

静《しず》かに聴《き》く　春禽《しゅんきん》の声《こえ》

（五言絶句、韻字は平・声）

良寛（一七五七―一八三一）は我が国の越後の生れ。号は大愚。十八歳で出家し曹洞禅に入り、二十二歳、備中五島の国仙和尚に参じ、三十八歳で越後に帰りますが、四十七歳には山中に隠遁しています。五十九歳で神社境内に移り、このころから村人や子供達とのつき合いが始まります。彼の漢詩は厳密な意味でいうと規則はずれのものです。韻はふんでいますが平仄は全部無視していますから、そういう意味では絶句の形はしているけれども破格の絶句ということになります。

薪を担うて　翠岑《すいしん》を下る

翠岑は緑の色の峰、木がこんもりとして、ボーッと青く見える峰、その峰を薪をかつぎながら下ってゆく。

翠岑　道平らかならず

「翠岑」の語が尻取りのようにくりかえされますが、これは六朝時代の山水詩（自然をうたう詩）によく見られる手法です。山道はでこぼこしていて、真っすぐに山を下りてゆくわけにはいかない。やあ疲れた、と一休み。

時に息《いこ》う　長松の下《もと》、静かに聴く　春禽《しゅんきん》の声

長松は高い松。一本の高い松のふもとに、やっこらさ、と腰を下ろして休むと、春の鳥の声がピーチク、ピーチクと辺りから聞こえてくる。のどかな、淡々とした詩です。この詩もやはり隠者風の詩です。何の木の下に休んでもよいのでしょうが、長松、といったところに隠者の雰囲気が漂います。陶淵明の「帰去来《ききょらい》の辞《じ》」に、「孤松《こしょう》を撫《ぶ》して盤桓《ばんかん》す」の句もあり、また「雑詩」に「嫋嫋《じょうじょう》たる松　標《しょうひょう》の崖」の句もあります。隠者の世界には松がつきものです。高い松、その根方で腰を下ろして、ゆっくりと春の鳥の声を聞くという、自然の中にとけ込む心地。良寛らしい飄飄とした雰囲気で、唐の詩を模倣して成功した歌です。

花朝下澱江

桃花水暖送軽舟
背指孤鴻欲没頭
雪白比良山一角
春風猶未到江州

花朝《かちょう》　澱江《でんこう》を下《くだ》る　　藤井《ふじい》　竹外《ちくがい》

桃花《とうか》　水暖《みずあたた》かにして　軽舟《けいしゅう》を送《おく》る
背指《はいし》す　孤鴻《ここう》　没《ぼっ》せんと欲《す》るの頭《ほとり》
雪《ゆき》は白《しろ》し　比良山《ひらさん》の一角《いっかく》
春風《しゅんぷう》は猶《な》お未《いま》だ江州《ごうしゅう》に到《いた》らざらん

（七言絶句、韻字は舟・頭・州）

藤井竹外（一八〇七―一八六六）、名は啓《ひらき》。大阪、高槻の武士。頼山陽《らいさんよう》に学んだ幕末の詩人で、七言絶句に

優れ、〝絶句竹外〟と称されました。晩年は京都に住み、梁川星巌《やながわせいがん》・広瀬淡窓《たんそう》といった詩人たちとも交際のあった人です。

澱江というのは淀川をしゃれて言った言葉で、桃の花の咲くころに淀川を下ってゆく歌です。

比良山遠望（©JTBフォト）

桃花　水《みず》暖かにして　軽舟を送る

なおこの第一句は「桃花水《とうかすい》　暖かにして」と読む読み方もあります。「桃花水」というのは一つの決まった言い方、桃の花の咲くころに、氷のとけて流れ出す水です。杜甫の詩にも「春岸桃花《しゅんがんとうか》の水《みず》、雲帆楓樹《うんぱんふうじゅ》の林《はやし》」の句があります。しかし、読み方としては、桃花水《みず》暖かに、と読むほうが落ち着きがよい。桃の花の咲くころに、水量の増えた川が暖かに流れて、軽い小舟を送ってゆく。

背指す　孤鴻　没せんと欲《す》るの頭《ほとり》

背指とは、後のほうに指をさすこと、ふり向くこと。ふり向いて見ると、一羽の鴻《おおとり》が消えようとする辺りに、と転句へつながる。孤鴻とは具体的には雁《がん》のような渡り鳥をさします。

雪は白し　比良山の一角

淀川を下っていって後を見ますと比良山が見え、その一角にはまだ雪が白く残っている。

春風は猶お未だ江州《ごうしゅう》に到らざらん

春風はまだ江州のほうまではとどかないとみえるなあ、という意味です。江州は今の滋賀県。比良山は琵琶湖の西岸にある千二百メートルぐらいの山です。その一角にまだ雪が残っているところを見ると、もう淀川は桃花水が流れているのに、まだあっちは春がこないんじゃないかと、という趣向です。

王之渙《おうしかん》の「春光度《しゅんこうわた》らず　玉門関《ぎょくもんかん》」（一五七ページ参照）を想《おも》わせる、なかなかしゃれた詩です。

実は、初めてこの詩を見たとき、ちょっと違和感を覚えました。というのは、淀川下りの位置から見て、江州は東よりになります。春は東の方から来るものですから、江州の一角に春風がまだとどかないのに、西の下流の辺はもう春だというのはおかしいかな、と。しかし、よく考えれば、日本では〝桜前線〟のように、春は西南から来ますので、淀川の下流はもう春なのに、東北にある比良の高嶺にはまだ雪が残っているのは、自然な情景なのです。このあたり、春は東南から来る中国の詩の世界と異なるところかもしれません。

3 旅情

峨眉山月歌

峨眉山月半輪秋
影入平羌江水流
夜発清渓向三峡
思君不見下渝州

峨眉山月《がびさんげつ》の歌《うた》　　李《り》　白《はく》

峨眉山月《がびさんげつ》　半輪《はんりん》の秋《あき》
影《かげ》は平羌江水《へいきょうこうすい》に入《い》って流《なが》る
夜清渓《よるせいけい》を発《はっ》して　三峡《さんきょう》に向《むか》う
君《きみ》を思《おも》えども見《み》えず　渝州《ゆしゅう》に下《くだ》る

（七言絶句、韻字は秋・流・州）

この詩は李白が二十五歳のころ、蜀《しょく》の地（四川省）から川を下って旅に出た時の作品です。峨眉山というのは、蜀第一の名山で、三千三十四メートルもある高い山です。その峨眉山の辺りに月がかかる、絵のような情景。

峨眉山月　半輪の秋

半輪というのは半欠けの月です。峨眉山に半欠けの月がかかっている秋の夜。

影は平羌江水《へいきょうこうすい》に入って流る

影というのは光のこと。月の光が平羌江の水に映って、ちらちらと流れてゆく、平羌江というのは、一名、青衣江《せいいこう》といい、山奥から東南に流れて大渡河に注ぎ、大渡河が岷江《びんこう》に合流します。岷江はこの辺りを流れる長江の名です。その平羌江に月の光が射し込んで流れてゆく。

夜清渓を発して三峡に向う

夜中に清渓という所を出発し、目的地は蜀の出口にある有名な難所の三峡、瞿塘峡《くとうきょう》・巫峡《ふきょう》・西陵峡《せいりょうきょう》です。この辺は両岸が切り立っており、大きな岩があちこちに突き出ていて、舟の通航は非常に危険な所ですので〝三峡の険〟といいます。その三峡の辺りまで一気に舟下りをしようというのです。清渓がどこにあるのか、諸説ありますが、いずれにせよ、平羌江の川すじから峨眉山が近く望める所になります。この辺から三峡までは八百キロほどもあり、日本では考えられない、スケールの大きい川旅です。

君を思えども見えず　渝州《ゆしゅう》に下る

君は直接には月を指しますが、月の中に思う人の姿を見るのです。その「人」は友人とするのが一般ですが、女性（恋人）だと考えるのがよい。伏線は第一句の「峨眉」と「半輪の月」にあります。「峨眉」は「蛾眉」に通じ、女性の美しい眉をイメージします。「半輪の月」はその眉の形なのです。故郷に残してきた恋人のおもかげを月に見ながら舟で行くうち、月は山にかくれて見えなくなる。恋人よ、さよなら、という気分です。

やがて舟は渝州へと下ってゆく。渝州は今日の重慶です。今も昔も、長江上流の大都会です。清渓の辺りから重慶までは四百キロもあります。一日で行く距離ではない。だからこれを「渝州を下る」と読むとおかしいのです。渝州へ渝州へと舟は進んでゆくわけです。

峨眉山

なおこの詩のみどころの一つは、峨眉山、平羌江、清渓、三峡、渝州と固有名詞が五つも使ってあって、全体二十八字の中で、ほとんど半分にもなろうかというのに、うまくそれをとけ込ましていることです。峨眉山は前述したとおり、半輪の月と関連して、美しいイメージ、あとの四つはみな「水」に関係のある字がついている。それに平羌江、といえば、いかにも平らに流れてゆく広い川が想像されます。清渓といえば清らかな雰囲気がそこで漂ってきます。固有名詞の文字の効果を巧みに生かしていることがわかりましょう。

早発白帝城
朝辞白帝彩雲間
千里江陵一日還
両岸猿声啼不住
軽舟已過万重山

早《つと》に白帝城《はくていじょう》を発《はっ》す　　李《り》白《はく》
朝《あした》に辞《じ》す　白帝《はくてい》　彩雲《さいうん》の間《かん》
千里《せんり》の江陵《こうりょう》　一日《いちにち》にして還《かえ》る
両岸《りょうがん》の猿声《えんせい》　啼《な》いて住《や》まざるに
軽舟《けいしゅう》已《すで》に過《す》ぐ　万重《ばんちょう》の山《やま》
（七言絶句、韻字は間・還・山）

この詩は、李白が初めて自分の故郷の蜀から、中国の中央に乗り出して行った二十五歳の時の作品、すなわち「峨眉山月の歌」のすぐあとに作ったもの、というのと、晩年にこの辺りに流され、許されて帰る五十九歳の時の作品、という二つの説があります。どちらがよいでしょうか、詩を見ていきましょう。

白帝城というのは、先程の峨眉山の詩に三峡とあった、その三峡の一つの瞿塘《くとう》峡という峡谷の所にある名所です。漢の時代に、公孫述《こうそんじゅつ》という将軍がここに砦を築き、我こそは白帝なり、と号した、それで白帝城というのです。白帝とは、西の帝王、を意味します。ついでに言うと、東は青、南は赤、北は黒と方角にはきまった色があります。中央は黄色で、この五つの色を中国では昔から「五色」といっています。

　朝《あした》に辞す　白帝　彩雲の間

朝早く、白帝城に朝焼けの雲がたなびいている辺りに別れを告げてゆく。辞する、というのは辞去の意味です。彩雲は色どられた雲、朝焼けの雲。白帝と彩雲とが、まず色の対照になっています。白帝城はなにも色が白いのではないのですけれども、字面《じづら》が白ですから赤い朝焼けの雲とうまく効果を上げているのです。それに、この朝焼け雲は、このあたりにまつわる伝説を連想させます。昔、楚の王様と巫山《ふざん》(この先にある山)の神女とが恋愛をし、きぬぎぬの別れに、神女が「私はこれからは朝焼けの雲、夕暮の雨となって現れましょう」と言ってかき消えた、というのです。なにやら艶っぽく、浮き浮きするような心地です。

なお当時の船旅は、山奥から出てきますと、この蜀の出口に当たる白帝城の辺りで休んだようです。そしてここで休んで、朝早く船出して難所を越え、いよいよ中国の平野部の方へ乗り出してゆくわけです。

千里の江陵　一日にして還る

スピード感があふれた句です。江陵まで千里というのは誇張ではない。千二百里ぐらいになります。メートル法でいいますと六百キロあまりです。そんなに遠い江陵まで、たった一日で帰ってゆくという。しかし、実際には江陵まで、一日では行けません。地図をみるとわかりますように、宜昌《ぎしょう》の辺りから平野になってきますから、川幅も広くなって、流れも落ちます。実は昔の民謡に、「朝《あした》に白帝を発して暮には江陵」という句があって、一種の言いならわしになっているのですから、これは李白の発明した句ではない。杜甫の詩にも「朝に白帝を発して暮には江陵、頃来《このごろ》目撃するに信《まこと》に徴あり」という句があります。それにしても、非常なスピード感が第二句にあふれています。第一句の色の対照と同様、今度は千という大きな数と一という小さな数との対照によって、スピード感がかもしだされているわけです。気持のよいすがすがしい朝に、矢の

早に白帝城を発す（唐詩選画本）

ように舟下りをしてゆくという、その爽快な感じ。

両岸の猿声　啼《な》いて住《や》まざるに、　軽舟已《すで》に過ぐ　万重の山

この詩のみどころの一つは、「両岸の猿声」です。この辺りは両岸がぐっと迫って切り立っています。その切り立った両岸には猿がたくさんいます。この地方の名物です。その猿の鳴き声が、キィーキィーと鳴いてやまない。ここでちょっと注意しますのは、この猿が日本の猿とは違うということ。

我が国では、猿はむしろ愛嬌のある動物です。鳴声もキャッキャッといって、詩に詠《うた》われることはあまりありません。しかし、中国の猿は悲しい動物として、詩や文章に出てくるのです。秋の夕暮などに猿の声を聞くと、悲しくて悲しくて腸が断ち切れる、というような詩句もたくさんあります。ここでも、両岸の猿の声は、腸にしみ入るように響きます。六朝の謝霊運《しゃれいうん》の詩に「噭噭《きょうきょう》として夜猿啼《やえんな》く」という句があります（『新漢詩の風景』二九ページ）。つんざくような鳴き声が、こちら側の崖から向うの崖に反射して聞こえ、さらに向うの声がこちらにこだまして聞こえるという、その声がまだ耳に残っているうちに、軽い小舟が早くも、幾重も幾重も重なる山の間を過ぎてゆく、というのです。

この悲しい猿の声がこの詩にどういう効果を上げているのかというと、第一句の「彩雲」のイメージと相い俟《ま》って、巫山の神女の誘いに浮き立つ心が、猿の悲しい鳴き声によって引きもどされる。故郷のあの娘《こ》よ、さよなら、蜀の山国よ、いよいよお別れだ、という気分がそそられるのです。ですから、全体にみなぎる力感と、この哀愁から、私は、二十五歳の、初めて蜀を出る時の作、と見たいのです。五十九歳説では、第二句の「還る」の字を、流されるところを赦されてかえる、の意ととりますが、ここは、韻字でもありますし、また、舟は川を往来しているのですから、かえりの舟、と考えることもできます。いずれにせよかえる意にこだわらなくてよろしい。何よりも、五十九歳の時赦されて還るのでは、悲しい猿の声が解釈できません。

絶句

江碧鳥逾白
山青花欲然
今春看又過
何日是帰年

絶《ぜっ》句《く》　杜《と》甫《ほ》

江碧《こうみどり》にして　鳥逾《とりいよ》いよ白《しろ》く
山青《やまあお》くして　花然《はなも》えんと欲《ほっ》す
今春《こんしゅん》　看《み》すみす　又《また》過《す》ぐ
何《いず》れの日《ひ》か　是《こ》れ帰年《きねん》ならん

（五言絶句、韻字は然・年）

杜甫（七一二―七七〇）、字《あざな》は子美《しび》。先祖は湖北省襄陽《じょうよう》の人。河南省の洛陽に近い町で、玄宗皇帝の即位の年に生まれました。二十歳ごろから長江の流域や山東、河北の黄河流域などを旅し、三十三歳、李白に会って、浪人どうしで共に旅をします。翌年、長安に出て官吏登用試験を受けますが、宿願の合格はまた果せません。四十四歳、長年の就職運動が実ってようやく下級の官につくのですが、皮肉にもその月のうちに安禄山の乱が起り、翌年には捕えられ軟禁されます。九ヶ月ののち、脱走して新帝（玄宗の子、粛宗《しゅくそう》）のもとに参じ、その功を認められて左拾遺《さしゅうい》（天子の誤りを諫める役）という、位はあまり高くはないが、気のきいた官を授けられます。四十六歳にして、宿願を果したわけです。しかし張り切りすぎて、職を越えた口出しが天子の不興を買い、翌年には左遷されてしまいます。いかにも杜甫らしいところです。やがて飢饉で食うこともできず、妻子をつれ、官を捨てて流浪の旅に出かけます。そしてようやく四川省の成都で、友人たちの庇護をうけて新居を建て、ここでやや穏やかな生活を送ることができました。五十四歳、その庇護もなくなり、また望郷の念たちがたく、長江を下って四川・湖北・湖南と旅するのですが、五十九歳の冬、その旅の舟の中で病死します。

この詩は、晩年の成都に住んでいたときの作品です。

「絶句」というのは、この詩の形をいっているわけですから、この詩は無題ということです。杜甫には、「絶句」と題する作品が外にもあります。

江碧《みどり》にして　鳥逾《いよ》いよ白く、山青くして　花然《も》えんと欲す

第一句と第二句は対句になっています。川は深緑に澄みわたり、鳥はいよいよ白く見える。真っ青な水の色をバックにして、水鳥の白い色がくっきりと、まことに絵のような情景です。この川は、蜀の成都の町を

流れる錦江《きんこう》という川です。成都は錦の名産地で、その錦を川でさらすところからついた名前らしいのですが、美しい川です。なお、成都の町を錦官城《きんかんじょう》とよびます。杜甫はその成都の郊外、錦江のほとりに草堂を構えて住んでいました。

江 碧にして

第二句も、美しい情景です。山が青々と茂り、花がパーッと燃えるように咲いている。然えんと欲す、といったのは、燃えんばかりということ、真っ赤な花です。ツツジのような鮮かな花を考えるとよろしい。ツツジのことを杜鵑花《とけんか》といいますが、杜鵑は、ほととぎすで、ほととぎすの鳴くころに咲く花ということでしょうが、ほととぎすという鳥は、蜀の地方の代表的な鳥なので、一名蜀鳥ともいいます。だからここでこの真っ赤に燃える花をツツジと考えるのは、根拠のないことではありません。晩春の季節にもあいます。青い山の色をバックに、パーッと燃えるようなツツジの花。ここでも鮮やかな情景がとらえられています。

よく見ると第一句と第二句の十字の中に、色を表す字が「碧・白・青・赤（然）」と四つもあります。なんとも鮮やかな春の景色です。ここで鮮やかな春の景色を詠ずることによって、後半の望郷の念をくっきりと描き出そうとします。

今春　看《み》すみす又過ぐ、何《いず》れの日か　是れ帰年ならん

看すみす、というのは、見ているうちに、という意味です。あれよあれよという間に春が過ぎてゆく、手をつかねて、どうしようもない、そういう感じがこの看すみす、という字に表れています。今年の春も過ぎてゆく、いつ帰る年になるんだろうなあ、故郷に帰れるのはいつだろうなあ。実は、この眼前の鮮やかな情景は、故郷の春とはまるで違う情景なのです。

ここで彼が故郷と考えているのは都の長安、または長く暮した洛陽でしょう。両方とも北の方にあり、その春景色は、今、目にするこの春景色と当然違うわけです。ですから、前半の二句の鮮やかな春景色というものは、よその国へ来ているのだぞ、故郷とは違うぞ、という気分をそそるものなのです。言いかえれば、景色が鮮やかであればあるほど、望郷の念はいやますのです。

明るい晩春の景の中に、しょぼんと、いつまでも悲しみにひたっている作者の姿がくっきりと浮かんできます。なお作者はこの時五十三歳でした。

楓橋夜泊《ふうきょうやはく》　張《ちょう》　継《けい》

月落《つきお》ち烏啼《からすな》いて　霜《しも》　天《てん》に満《み》つ

楓橋夜泊

月落烏啼霜満天

92

江楓漁火対愁眠
姑蘇城外寒山寺
夜半鐘声到客船

江楓《こうふう》　漁火《ぎょか》　愁眠《しゅうみん》に対《たい》す
姑蘇《こそ》城外《じょうがい》の寒山寺《かんざんじ》
夜半《やはん》の鐘声《しょうせい》　客船《かくせん》に到《いた》る
（七言絶句、韻字は天・眠・船）

張継は大暦年間に活躍した人で、中唐の初めになります。最後の官は検校祠部郎中《けんこうしぶろうじゅう》、といいますから、局長クラスです。清らかな風采で、道者の風があったといいます。詩人としての張継は実はこの詩一首で有名と言ってもよろしい。詩人は、生涯に一首優れた詩を作ればそれでいいという見本みたいなものです。

楓橋というのは、楓の木の茂っている所にあるということからついた名で、蘇州（江蘇省）にあります。蘇州は水の都。作者は晩秋の一夜、舟でここへやって来て舟泊りをしたのです。この作品はたいへん有名であると同時に議論も多いので、そのへんを注意して見ていきましょう。

月落ち烏啼いて　霜　天に満つ

月が沈み、烏が鳴き、霜が空に満ち満ちている、という情景。霜が天に満ちるというのは、中国では昔から、霜の気がまず空に満ちて、やがて地面に落ちて霜になるというふうに考えられていたのです。霜　天に満つ、いかにも晩秋の、寒気のみなぎった空の様子、月も沈んで辺りは真っ暗、そこへ烏が鳴いた。夜明けも近いのかな、という感じ。

江楓　漁火　愁眠に対す

岸辺に楓があって、その楓のそばにいさり火が焚かれている。いさり火がちろちろ燃えているので、赤く色づいた楓が見えるのです。その赤い色が、愁いの眠りの目に向かいあっている。愁眠に対す、というのは、愁いのために眠られず、うとうとしている目に映ずるということです。月も沈んで辺りは真っ暗、その中に、ちろちろと燃えるいさり火、いさり火に照らし出された楓の赤さ、黒の中の赤。これがこの詩の一つのアクセントとなっています。

何の愁いで眠れないのか、といえば、旅の愁いです。漢語で、客愁《かくしゅう》といいます。このあたり、客愁のムードなのです。

姑蘇《こそ》城外の寒山寺、夜半の鐘声　客船に到る

姑蘇というのは蘇州の古い名前。城は町。蘇州の町の外、寒山寺というお寺から、夜中を告げる鐘の音が、私の乗る船にとどいてきた。客船というのは、旅人の船という意味です。つまり自分の乗る船です。今日の意味で客船とか貨物船とかいう意味ではありません。さて、夜半とは真夜中のことですから、第一句で何となく明け方の情景かと思ったが、そうではなくて夜中の情景であったということになります。月が沈むのは何も明け方に限りませんし、烏もあけ烏とは限らないのです。烏が夜なくことについては、六朝時代から「烏夜啼《うやてい》」という詩がたくさん作られているほどです。霜天に満つ、というのも、霜がまだ落ちる前の情景

ですから、こうしてみると、一見明け方かと思ったが必ずしもそうではないということになります。ですから この作品は、作者が旅愁に眠れない、うつらうつらとしている、そこへ寒山寺からゴーンという夜半を告げる鐘の音が聞こえてくる、まだ夜中だったのか、あーあ、秋の夜は長いなあ、という旅の愁いのやり切れなさを詠う詩なのです。

楓橋夜泊（唐詩選画本）

なお、後世、この詩はなるほど優れてはいるが、夜中に鐘は鳴らない、そのへんがどうも作りごとで惜しい、という説が出ました。しかしその後また反論が出て、唐時代に夜中に鐘が鳴るという例がたくさん挙げられました。やはり夜中に鐘が鳴ることもあるのです。

またこの詩についてちょっとつけ加えておきますと、月落ち烏啼く、というところを、月は烏啼《うてい》に落ち、というふうに読む人があるようです。烏啼を山の名前だとする。蘇州の郊外に烏啼山という山があり、その山に月が沈んだ、という解釈です。しかし、これは何の根拠もない俗説です。もし烏啼山という山があるとするなら、おそらくこの詩が有名になったためにつけられた名前でしょう。これはあくまでも月が沈み、烏が啼く、という情景の中に、やるせない旅愁の雰囲気が出てくるのです。

この詩は旅愁を優れた感覚でうたった詩なのです。

なお、「寒山寺」という寺の名が、「霜」の降りる季節感とよく合うことも、たくまざる技巧となっているのを、つけ加えておきましょう。

夜下墨水

金龍山畔江月浮
江揺月湧金龍流
扁舟不住天如水
両岸秋風下二州

夜《よる》　墨水《ぼくすい》を下《くだ》る　　服部《はっとり》　南郭《なんかく》

金龍山畔《きんりゅうさんぱん》　江月浮《こうげつうか》ぶ
江《こう》揺《ゆ》らぎ　月《つき》湧《わ》いて　金龍《きんりゅう》流《なが》る
扁舟《へんしゅう》住《とど》まらず　天《てん》　水《みず》の如《ごと》し
両岸《りょうがん》の秋風《しゅうふう》　二州《にしゅう》を下《くだ》る

（七言絶句、韻字は浮・流・州）

服部南郭（一六八三―一七五九）、名は元喬《げんきょう》。南郭はその号です。京都で生まれ、十四歳で江戸に出、十六歳で幕府の実力者、柳沢吉保《やなぎさわよしやす》に仕えますが、三十四歳でその下を辞して塾を開きます。荻生徂徠《おぎゅうそらい》に学んでおり、太宰春台《だざいしゅんだい》と並び称された人です。詩は古詩が多いのですが、律詩もあり、当時はやった唐詩の風を学んだ人です。この詩も唐詩の風があります。

墨水とは、隅田川のことをしゃれて言ったもの。夜、隅田川を舟で下ってゆく詩です。

金龍山畔　江月浮ぶ

金龍山は隅田川のほとり、浅草の待乳山《まっちやま》です。浅草の観音様を金龍山浅草寺《せんそうじ》といいます。この詩は金龍山というしゃれた名前を巧みに用いているところがミソです。第二句にも、金龍流る、と出てきます。金龍山のほとり、ゆらゆらと秋の月がさしのぼってきます。いかにも大きな情景です。

江揺らぎ　月湧いて　金龍流る

しゃれた表現です。江がゆらゆらっとゆれて、ぐっと月がさしのぼる。その月の光が、川面にちらちらと映って、金の龍が流れているように見える、というのです。流れるようなリズムと力感、絵のような美しさ、うまいものです。なおこのへんの手法は唐詩の「鳳凰《ほうおう》台上鳳凰遊ぶ、鳳去り台空しうして江自ら流る」（李白）の句あたりを模したものでしょう。

扁舟住《へんしゅうとど》まらず　天　水の如し

我が乗る扁舟、小舟は、ゆるゆると流れてとどまらない。空は水のように澄みわたっている。天水の如し、という表現も、唐詩によく見えます。澄みわたった秋の川の悠然たる情景。

両岸の秋風　二州を下る

この隅田川をはさんで、向う岸は下総《しもうさ》の国、こちらの岸は武蔵《むさし》の国、二つの州。今は向う岸も東京都ですが、昔は隅田川が二つの州の境をなしていました。両岸の秋風に吹かれて、この二州の間を下ってゆく。ここらあたりにも、李白の「君を思えども見えず渝州《ゆしゅう》に下る」（峨眉山月の歌）の影響があります。また全体に、初唐の張若虚《ちょうじゃっきょ》の「春江花月の夜」の影響も感ぜられます。唐風をおそう、いかにもゆうゆうとした舟下りの詩です。

舟下りの詩は日本には多くはありませんけれども、この詩などは最高の傑作でしょう。ただ、隅田川の実際の情景はこんなに大きなものではありませんから、この詩によって頭に浮べる情景と実際の情景とは必ずしも合わないかもしれません。しかし、それは日本の風土のしからしむるところですから、いたしかたありません。

同じ荻生徂徠の門下の高野蘭亭《たかのらんてい》に「月夜三叉口《さんさこう》に舟を泛《うか》ぶ」（『新漢詩の風景』八一ページ）という詩がありますが、こちらのほうはもっと大げさな表現です。唐風を模する、という反面に、実体のないオーバーな表現を好んでする、という傾向があるのです。その中では、服部南郭のこの詩はしっとりとした味もあり、いや味がありません。

泊天草洋

雲 耶 山 耶 呉 耶 越

水 天 髣 髴 青 一 髪

天草洋《あまくさなだ》に泊《はく》す　　頼《らい》　山陽《さんよう》

雲《くも》か山《やま》か　呉《ご》か越《えつ》か

水天髣髴《すいてんほうふつ》　青一髪《せいいっぱつ》

万里泊舟天草洋
煙横篷窓日漸没
瞥見大魚躍波間
太白当船明似月

万里《ばんり》　舟《ふね》を泊《はく》す　天草洋《あまくさなだ》
煙《けむり》は篷窓《ほうそう》に横《よこ》たわりて　日漸《ひようや》く没《ぼっ》す
瞥見《べっけん》す　大魚《たいぎょ》の波間《はかん》に躍《おど》るを
太白《たいはく》　船《ふね》に当《あ》たって　明《めい》　月《つき》に似《に》たり
（七言古詩、韻字は越・髪・没・月）

頼山陽（一七八〇―一八三二）、名は襄《のぼる》。山陽はその号です。大阪江戸堀で生れ、翌年、父の春水《しゅんすい》が安芸（広島）藩儒になったので、広島に移ります。七歳から書を読み、十八歳で江戸の昌平黌《しょうへいこう》に学びますが、持病の癇症と放蕩癖が治まらず一年で帰国してしまいます。二十一歳、脱藩の罪で幽閉され、廃嫡になってからは、詩のほかに文章にも力を注ぎ、その間『日本外史』を起稿し、一八〇七年に脱稿しています。後に京都に出て居を構え、「山紫水明処」と称したころは名声も上がっていました。一八一六年に父の死にあい、その後は一変して母への孝養を尽すようになって、数々の逸話を生みます。晩年『日本政記』の稿をまとめ、五十三歳で没しました。その詩文は天稟の才にめぐまれ、比肩するものがないと絶賛されています。

この詩は、三十九歳の時に九州旅行をし、その途中に、天草洋に舟泊りをした時の作品です。

雲か山か　呉か越か

雲だろうか、山だろうか。呉の国だろうか、越の国だろうか。まずこのうたい出しがすばらしい。大きな情景を大づかみにしています。見渡す限りの水、そして雲。その雲の向うは、呉の国だろうか、越の国だろうか、と言い放った。むろん、そんな遠くは、見えるわけもありません。この詩が日本人ばなれのしたスケールの大きさを高く評されるのは、まずここのところです。実はこの句には先人の詩がヒントになっていると思われます。頼山陽より三、四十年先輩に、長崎の詩人吉村迂斎《うさい》という人がおり、その句に「青天万里国無きに非ず、一髪 晴は分かつ呉越の山」というのがあります。この句をふまえて、さらにスケールを雄大にしたといえましょう。まず第一句に圧倒されます。

水天髣髴《ほうふつ》 青一髪

水と空とが、ぼんやりと向うの方で、青一すじにつながっている。一髪といったのは、髪の毛一すじということ。水平線が、ずうっと向うの方に髪の毛一すじに空と境をかぎって見えるわけです。髣髴というのは、ぼんやりとかすんでいるさま。吉村迂斎の句にもありますが、この句には宋の蘇東坡の「青山一髪　是れ中原」の影響があるでしょう。

万里 舟を泊す 天草洋、 煙は篷窓《ほうそう》に横たわりて 日漸く没す

故郷を万里離れて、この天草の洋で舟泊りをすると、夕もやが舟の窓にたなびいて、日がしだいに沈もうとする。漸くは、やっとではなく、だんだんに、ということです。しだいしだいに太陽が沈んでゆく。煙は夕もや。篷窓は舟の窓。このあたり、そこはかとない旅愁のムードが漂ってきます。

瞥見《べっけん》す　大魚の波間に躍《おど》るを

チラッと大きな魚が波間に躍るのが見えた。瞥見は、チラッと見えること。大海原に大きな魚がはねた、というのは、なにげない表現ですが、これがなかなか味がある。つまり、夕暮の静寂の中の、一つの動きです。ぼんやり、旅愁に沈んだ目、その中にとび込んだ一コマのアクセントです。こういうところが詩人のセンスなのでしょう。この句によってその場の情景がグッと印象的になるのに気づくことでしょう。なお、この句の背後には、王維の阿倍仲麻呂《あべのなかまろ》を送る詩（「秘書晁監《ちょうかん》の日本に還るを送る」）の中に、仲麻呂が海を渡って行く描写があるのを踏まえています。「鰲身天に映じて黒く、魚眼波を射て紅《くれない》なり」がそれです。仲麻呂さんが海を行くと、すっぽん（鰲）が黒い背をヌッと現したり、大きな魚がピカッと眼を赤く光らせたりするでしょうと、海の様子を想像しているのです。山陽はこの表現をうまく取り込んで、味わいを深めたのです。

太白　船に当たって　明《めい》月《つき》に似たり

太白金星が舟の真向こうに、月のように明るく見えることである。その宵の明星が、舟の真向こうに見えるのを、船に当たって、とこういいます。

金星が月のように明るい、というのは決して誇張ではありません。日の沈んだあとのボーッとかすむ夕もやの中に、ピカリと光る宵の明星、それを見つめているうちに、何ともいえない旅愁のやるせなさが胸中にひろがってきます。余韻の漂うみごとな作品です。技巧・風格・規模、たしかに日本人ばなれがしています。と同時に、日本人ならではの〝海〟の詩であることも注目されます。中国では海は遠い地の果てです。中心地は内陸奥深く入ったところですから、いきおい海の文学が少ないのです。日本は逆に海の国ですから、海の詩が多そうなものですが、やはり少ない。中国の影響でしょう。その点この作品は、その特殊性を生かした傑作となっています。日本人の漢詩の代表というにふさわしい、私のもっとも好きな作品の一つです。

過赤馬関

長風破浪一帆還
碧海遥環赤馬関
三十六灘行欲尽
天辺始見鎮西山

赤馬《あかま》が関《せき》を過《す》ぐ　伊形《いがた》　霊雨《れいう》

長風《ちょうふう》　浪《なみ》を破《やぶ》って　一帆還《いっぱんかえ》る
碧海《へきかい》　遥《はる》かに環《めぐ》る　赤馬《あかま》が関《せき》
三十六灘《さんじゅうろくたん》　行《ゆ》くゆく尽《つ》きんと欲《ほっ》す
天辺《てんぺん》　始《はじ》めて見《み》る　鎮西《ちんぜい》の山《やま》

（七言絶句、韻字は還・関・山）

伊形霊雨（一七四五—一七八七）、名は質《しつ》。霊雨はその号。江戸中期、熊本の農家の出です。二十歳で熊本藩の藩校時習館に学び、後に京都に遊学し、帰国して藩儒となりますが、清貧に安んじ、郷里に帰って猿崖《えんがい》居士《こじ》と称し、自適の生活を送ります。李白を非常に尊敬し、李白風の詩を作ったのです。この詩も李白ばりです。

長風　浪を破って　一帆《いっぱん》還る

まず第一句に、もう李白の詩の文句が出てきます。長風浪を破る、というのは、そのまま、李白の作品の「行路難」にあります。遠くから吹きわたる風に帆をはらみ、浪をつき破って、白帆が一つ帰ってゆく。

碧海《へきかい》遥かに環《めぐ》る　赤馬が関

緑に澄みわたった海は、遥かに赤馬が関へと巡ってゆく。赤馬が関は、今の山口県の下関。中国風に、馬《ば》関《かん》ともいいます。「碧海」と「赤馬関」とが色の対照になっている。このあたりも、李白の「朝《あした》に辞す白帝彩雲の間」（「早に白帝城を発す」）が思われます。遥かに環る、ということにより、直線的ではなく曲線的な舟のコースであることがわかります。瀬戸内海の島々や、突き出た岬などをすりぬけて、赤馬が関へと向かう。これは、京都から、故郷の熊本へと帆掛船に乗って帰ってゆく、その途中に、下関を通ってゆくのです。

三十六灘《たん》　行くゆく尽きんと欲す

灘は本来は早瀬の意です。しかしここでは日本でいう「なだ」の意に用いています。大阪湾を出てから、播磨灘《はりまなだ》を始め、燧灘《ひうちなだ》、安芸灘《あきなだ》と、いくつもの荒海を越えてゆく、ということでしょう。だから、ちょっとここのところは日本風です。三十六灘というのは、言葉のアヤで実際に三十六ヶ所も、灘があるわけではありません。九の倍数、十八とか、三十六とか七十二とかいうのはキリのいい数で、よく詩や小説などにも使われます。ここにも李白の「三十六曲　水廻縈《かいえい》（めぐり流れる）」の句があります。

天辺　始めて見る　鎮西の山

やがて海の難所も尽きていく辺りに、空の向うの方に始めて、九州の山が見えてきた。鎮西とは九州のこと。昔、鎮西府（太宰府）が置かれたので、こういうのです。

いかにも勢いのよい、スケールの大きい旅の作品です。さすがに李白の再来といわれるだけのことがあります。中国ならば、さしずめ川旅ということになりましょうか。灘という言葉も、日本ならば海ですが、中国では川の早瀬を意味しますから、この詩を中国人が読むと、あるいは大きな川を想像するかもしれません。そういう情景の違いはありますけれど、なかなかよく李白の風を模した作品といえましょう。

4　送別

送元二使安西

渭城朝雨浥軽塵
客舎青青柳色新
勧君更尽一杯酒
西出陽関無故人

元二《げんじ》の安西《あんせい》に使《つかい》するを送《おく》る　王維《おうい》

渭城《いじょう》の朝雨《ちょうう》　軽塵《けいじん》を浥《うるお》す
客舎青青《かくしゃせいせい》　柳色《りゅうしょく》新《あら》たなり
君《きみ》に勧《すす》む　更《さら》に尽《つく》せ　一杯《いっぱい》の酒《さけ》
西《にし》のかた陽関《ようかん》を出《い》づれば　故人《こじん》無《な》からん

（七言絶句、韻字は塵・新・人）

送別の詩の代表ともいうべき有名な作です。元二とは、元が姓、二は排行《はいこう》。排行とは、父方（姓が同じ）の兄弟《いとこ》、従兄弟《またいとこ》の間の生まれた順の番号です。一番上は「大」といい、以下、二、三、四…とつけます。家族の中で二番目の順序の元某が、安西地方に使いに行くのを見送る詩です。安西とは、中国の西の今のトルファン（新疆《しんきょう》ウイグル自治区）のあたりです。唐の時代には、ここに都護府という、前線の司令部が置かれていました。地図をひろげてごらんになればおわかりのように、気も遠くなるような砂漠の果てです。まずその距離感をつかんでおいてください。

渭城《いじょう》の朝雨　軽塵を浥《うるお》す

渭城というのは、都の長安の、渭水を挟んだ向い側（北側）の町です。当時、西の方へ出発する旅人を見送るのに、長安から出て、まず渭城まで一緒に来て、その晩は別れの宴会を開き、一泊して翌朝早く、出発する旅人を見送る、というのが普通の送別のあり方でした。一夜明けていよいよ出発の朝、渭城の町に夜来の雨が上がって、軽い塵ぼこりをしっとりとうるおします。すがすがしい情景。

客舎青青　柳色新たなり

宿屋の前には青々とした柳の芽が芽ぶいたばかり、それが塵を洗い落とし、水を含んで青々と見えます。春のまだ浅い時分と思われます。柳の枝の青さが目にしみるようです。なお、中国では昔から、旅人に柳の枝を折ってはなむけにするならわしがありますので、別れの場面によく柳が出てきます。第一句・第二句を見ますと、しっとりした朝のすがすがしい雰囲気が漂います。実はこの雰囲気が、後半のやるせない送別の情をきわだたせる効果を上げているのです。秋の夕暮の寂しい雰囲気も、別れの情景としてふさわしいでしょうけれども、ここではその逆をいったわけです。春の朝のくっきりとした情景がバックになっている。これが一つの趣向です。

君に勧む　更に尽せ　一杯の酒

いよいよ旅立つ元二君、どうぞもう一杯、お酒を飲んでください。更に尽せ、といったのは、夕べもうさんざん別れの盃をくみかわしているからです。何分《なにぶん》にも遠くへ行くのです。夕べは心ゆくまで酒を飲んだ、しかし、いよいよお別れともなれば、またこみあげてくるものがある。そこでせめてもう一杯、と。更にという字が、非常によく効いています。

西のかた陽関を出づれば　故人無からん

西の方、陽関という関所を出たならば、もう一緒に酒をくみかわす友達もいないだろう。陽関は敦煌《とんこう》の近くにある関所です。唐帝国の西のはずれにある。ここを出ればもう砂漠のひろがる未知の世界です。今の、もう一杯、の重味が迫ってきます。尽きせぬ名残りが朝の情景の中に、余韻となって嫋々《じょうじょう》と漂います。

交通の発達で地球そのものが狭くなった今日、別れはもう昔のような重い意味をもたなくなりました。〝別れの悲しみ〟、それはすでに人類の失った感情かもしれません。こういう詩を鑑賞する時、当時の〝旅の別れの重さ〟を思うことが大切です。

送友人

青山横北郭
白水遶東城
此地一為別
孤蓬万里征
浮雲遊子意
落日故人情
揮手自茲去
蕭蕭班馬鳴

友人《ゆうじん》を送《おく》る　李《り》　白《はく》

青山《せいざん》　北郭《ほくかく》に横《よこ》たわり
白水《はくすい》　東城《とうじょう》を遶《めぐ》る
此《こ》の地《ち》　一《ひと》たび別《わか》れを為《な》し
孤蓬《こほう》　万里《ばんり》に征《ゆ》く
浮雲《ふうん》　遊子《ゆうし》の意《い》
落日《らくじつ》　故人《こじん》の情《じょう》
手《て》を揮《ふる》って茲《ここ》より去《さ》れば
蕭蕭《しょうしょう》として　班馬《はんば》鳴《な》く

（五言律詩、韻字は城・征・情・鳴）

李白は、律詩よりも絶句が得意といわれます。しかしこの詩は優れた律詩です。技巧らしい技巧は練らないで、胸の中から自然に湧き出たような趣があります。それが李白の持ち味です。友人は誰だかわかりません。いつどこで作られたのかもわかりません。

青山　北郭に横たわり、白水　東城を遶《めぐ》る

ある町の郊外、青々とした山が町の北に横たわっている。白く光る水が、町の東をぐるっと回って流れている、という情景。郭も城も町をさします。「江南春」でも述べましたが、中国の町は城郭を廻らしているのです。

まず第一句・第二句の首聯は、きれいな対句で大きな情景をとらえます。第一句は北に山、第二句の方は東から川、ということで、遠近と縦横との組み合せで、立体的な構成になっています。しかも青と白という色の対照によって、やはりここでも一つのくっきりとしたすがすがしさというものが強調されているようです。

此の地　一たび別れを為《な》し、孤蓬《こほう》万里に征《ゆ》く

律詩は、普通には頷聯《がんれん》はきちんとした対句にならなければなりません。しかし、この詩のように、首聯がきちっとした対句の場合、頷聯を、わざと崩すことがよくあります（これを「偸春体《とうしゅんたい》」といいます）。「一」と「万」という数字のところだけは相対していますが、ほかのところはうまくあいません。

この地で、いったん別れを告げれば、ぽつんと孤独なよもぎが、万里の向こうにまで旅をしてゆくのだ。孤蓬というのは、よもぎといいましたが、実はよもぎではなくて、秋になって枯れて円くなる植物がありますトゲトゲがでて円くなるので、風に吹かれるとコロコロ飛んでゆくのです。いかにも、孤独な旅の象徴。孤蓬万里に征く、という表現によって、この友人の旅がどんな旅であるか、ということが暗示されています。景気のいい旅ではない。ひょっとしたら試験にでも落第して、しょぼしょぼと国に帰るのかもしれない。あるいは、左遷されて、遠くへとばされるのかもしれない。いずれにせよ、そういう失意の旅であることが暗

示されます。首聯のくっきりした情景の中に、ショボンとした友の姿が印象的です。
次の頸聯《けいれん》がすばらしい。

浮雲　遊子の意、落日　故人の情

ぽっかりと浮ぶ雲。その雲こそは旅に出る君の心なのだ。今しも沈みゆく夕陽、それは君を見送る私の気持だ。故人とは親友のこと、相手にとっての親友はつまり自分のこと。この場合、空に浮ぶ雲といい、沈みゆく夕陽といい、どちらも実景であると同時に象徴的な情景でもある、こういうものを、心象風景といいます。気持の表れとしての情景。大きな空に、ぽっかりと浮んでいる雲は、いかにも孤独で不安げなさまです。また、ゆらゆら沈む夕陽は、いつまでも別れを惜しむ自分の気持を象徴している。実にみごとな句です。「浮雲遊子の意、落日故人の情」。このような句は作ろうと思っても作れる句ではない。胸の中から自然に湧き出てくる句です。この二句こそこの詩の中心です。

手を揮《ふる》って茲《ここ》より去れば、蕭　蕭《しょうしょう》として班馬《はんば》鳴く

いよいよお別れ、手をふって、ここから去ってゆくと、馬も寂しげに鳴くことである。蕭蕭は風の寂しく吹くさまにも使う言葉ですが、この場合は馬の鳴き声です。班馬は別れゆく馬、その馬が、人間の悲しみを知るかのように、鳴いている、という意味。
これは、夕暮の情景です。友人を送るのにふさわしい背景になっています。ここでも、前半には、あるく

っきりとした、すがすがしい情景が描かれています。王維の「元二……」の詩では朝でしたが、情景にはかようものがあります。

黄鶴楼送孟浩然之広陵

故人西辞黄鶴楼
烟花三月下揚州
孤帆遠影碧空尽
唯見長江天際流

黄鶴楼《こうかくろう》にて孟浩然《もうこうねん》の広陵《こうりょう》に之《ゆ》くを送《おく》る　李《り》白《はく》

故人《こじん》　西《にし》のかた黄鶴楼《こうかくろう》を辞《じ》し
烟《えん》花《か》三《さん》月《がつ》　揚州《ようしゅう》に下《くだ》る
孤《こ》帆《はん》の遠影《えんえい》　碧空《へきくう》に尽《つ》き
唯《ただ》見《み》る　長江《ちょうこう》の天際《てんさい》に流《なが》るるを

（七言絶句、韻字は楼・州・流）

黄鶴楼は、湖北省武漢《ぶかん》市の長江を見下ろす丘の上にあります。昔の武昌《ぶしょう》地区です。武昌と漢口《かんこう》と漢陽《かんよう》が一つになって武漢市になりました。この楼には、昔、仙人がこの地にやって来て、黄色い鶴に乗って立ち去ったという伝説がこめられています。その伝説のある楼で、孟浩然を見送った詩です。孟浩然は李白よりも十二歳年長、この詩を作った時、李白は三十代の半ば、孟浩然は五十近いころと思われます。両者は当時、お互いに素浪人どうしでした。

故人　西のかた黄鶴楼を辞し、烟花《えんか》三月　揚州に下る

黄鶴楼にて（唐詩選画本）

故人は、李白の「送友人」にもあったように、親しい友。ここではいうまでもなく孟浩然をさします。わが友、孟浩然さんは、この西の黄鶴楼に別れを告げて、春、花がすみの三月に、揚州へと舟で下ってゆく。烟花というのは、花がすみのことです。旧暦の三月は晩春です。晩春の三月、花がすみの武昌の黄鶴楼に別れを告げて、揚州へと下ってゆく。

　前半の二句は、華やかな情景です。揚州は広陵ともいい、中国でも有数の繁華な町。揚州の鶴という話があります。昔、四人の男がそれぞれ願望を述べあいました。一人は揚州へ行ってみたい、一人は鶴に乗りたい、一人はお金を十万貫ほしい、といいますと、最後の一人が、おれは腰に十万貫ぶら下げて、鶴に乗って揚州へ行く、といったという話です。長江の下流にあって、景色もよければ、お酒もうまい、女の子もきれいだ、という町です。その花の都、揚州へ、春がすみの三月に下ってゆくといえば、何やら華やかなムードが漂います。しかし、見送る人間も、見送られる人間も、それとは全くうらはらに、素浪人なのです。孟浩然は何しに揚州へ行くのでしょうか。仙人の伝説のまつわる黄鶴楼から、俗世界の巷《ちまた》の揚州へ舟で下って行くのです。生きていくには、職につかねばならない、ありていに言えばそうゆうことでしょう。肩をすぼめてしょんぼりと舟に乗る孟浩然、あたりが明るい景色だけに、みじめさがにじみ出るようです。

孤帆《こはん》の遠影 碧空《へきくう》に尽き、唯見る 長江の天際に流るるを

ぽつんと一つ浮んだ帆掛《ほかけ》船。その白帆の遠い姿が、青空に消える瞬間、あとに見えるのは、長江の流れが天の果てへと流れてゆくばかり。大きな川、ぽつんと一つ白い帆、孟浩然はゆるゆると下ってゆきます。何とも孤独な姿です。

いつまでもいつまでも黄鶴楼で見送っている李白。やがてその白帆も、青空のかなたにふっと消える瞬間がある。あとに流れるのは水ばかり、と言い放つことによって、李白の、友を見送る限りない情が漂ってきます。明るい春景色と孤独な心、大きな川の流れと尽きせぬ別離の情、景と情とがうまくとけ合っていて、送別の詩の最高傑作の一つといえましょう。

武昌から揚州までは、またこれもかなりの道のりがあります。その遠い道のりと、大きな大きな長江の流れ、というものを頭に浮べないと、この詩の味わいはうまくつかめません。我が国のような小さな川を考えてはいけません。何しろこの武昌までは、河口から千五百キロもあるのですが、一万トン級の船が入ります。とてつもない川なのです。

芙蓉楼送辛漸

芙蓉楼《ふようろう》にて辛漸《しんぜん》を送《おく》る　王《おう》　昌齢《しょうれい》

寒雨連江夜入呉
平明送客楚山孤
洛陽親友如相問
一片氷心在玉壺

寒雨《かんう》　江《こう》に連《つら》なって　夜《よる》　呉《ご》に入《い》る
平明《へいめい》　客《かく》を送《おく》れば　楚山《そざん》　孤《こ》なり
洛陽《らくよう》の親友《しんゆう》　如《も》し相問《あいと》わば
一片《いっぺん》の氷心《ひょうしん》　玉壺《ぎょくこ》に在《あ》り

（七言絶句、韻字は呉・孤・壺）

王昌齢（七〇〇?―七五五?）、字《あざな》は少伯《しょうはく》。陝西《せんせい》省西安付近の人といわれます。七二七年、進士に合格し、江寧県丞《こうねいけんじょう》など地方役人となりますが、安禄山の乱が起ったときのどさくさに殺されました。その詩は七言絶句の聖人と呼ばれ「詩家《しいか》の夫子《ふうし》王江寧」といわれました。

芙蓉楼というのは旅館の名です。今の鎮江《ちんこう》という、南京よりも少し下流になりますが、長江に面した町にあります。ここは長江の舟旅の宿場になっており、ここから長江を横ぎって運河に入り、北の方に行くわけです。王昌齢と、見送られる辛漸とは、長江の上流の方からここへ来て、ここで一泊し、翌朝早くに辛漸は旅立つのです。

寒雨　江に連なって　夜　呉に入る

寒々とした雨が川面に注ぎ、夜になって呉の地へと降って来た。この第一句には、「夜　呉に入る」の主語を人、つまり送る自分と送られる辛漸と取る解釈もあり、その方が次の句へのつながりはよいのですが、一つの句の中で、主語が変るのがどうもしっくり来ないのと、送別の宴をするのにその夜になって宿屋にやって来るというのは不自然なので、解釈のように主語を雨と取っておきます。

まず第一句。寒雨という言葉が、この場の雰囲気を示すと同時に、この詩全体の象徴的な語になっています。寒々とした感じ。季節は晩秋と思われます。

平明　客を送れば　楚山　孤なり

やがて一夜が明けると空は晴れ、夜明け方に辛漸君を見送り、ふり仰ぐと楚の山がぽつんと見える。これが心象風景。「孤」の字が「寒」の字と呼応して、よく効いています。楚とは、川の向こうの方になります。昔、この辺一帯は楚の地でした。呉は、今自分達がいる所。ここから、対岸の方を望みみるわけです。すると、楚の地方の山が、ぽつんと見えるのです。いかにも孤独なさま。雨が上がって、ポーッとした朝もやが、だんだん晴れ上がってくる。その中にぽつんと山が見えるのです。印象的な情景です。

洛陽の親友　如《も》し相問わば、一片の氷心　玉壺《ぎょくこ》に在り

この詩のみどころは、この後半にあります。辛漸君は洛陽に行くものとみえます。洛陽はかつて作者のいたところですから、なじみの友達がたくさんいる。辛漸君が洛陽に行けば、友達がきっとこう尋ねるだろう、王昌齢はどうしている、と。そうしたら君、こう答えてくれたまえ、王昌齢はね、玉の壺の中の一つの氷のような心境であるよ、と。

王昌齢は、この時、左遷されてきているのです。だから、洛陽の友達が、きっと王昌齢のやつくさっている、と思って聞くだろう。だが、おあいにくさま、私はちっともくさっていませんよ。玉の壺の中の氷のような、澄みきった心境なんですからね、と。そういう意味なのですが、読者は、そういう言葉の裏にある、左遷されたやりきれなさ、王昌齢の深い悲しみというものを感じとるのです。作者の狙いもまさしくそこにある。強がってみせて、その裏にあるどうしようもない悲哀というもの、それがこの詩のみどころなのです。

この詩のもう一つのみどころは、「氷心玉壺に在り」という表現です。実はこの表現は、六朝時代の詩人鮑照《ほうしょう》の「清らかなること玉壺の氷の如し」という句に基づいています。この句は、〝清らか〟という抽象的なものを、玉の壺の中の氷、という具体的なものでもって表したという、奇抜な着想の句です。これは一つの発見といえましょう。清らかさだとか、あるいは寂しさだとかいう抽象的なものを何か物で示してみようという時、一体何で表すか、というのはなかなかむずかしい問題です。その点、この句は実にうまく表現しています。それを王昌齢は用いたのです。ただ用いたのではなく、この場合は、氷の如き心境、というものの形容に用いた。ですから、鮑照の発見をふまえて、さらにもう一つ突っ込んだ表現ということがいえましょう。いかにも澄みきった心境をうまくとらえています。さらに、玉壺の中の氷は、澄みきっていると同時に、どうしようもない孤独感を示そうとしているのです。

後半の「心境」を効果あらしめるために、前半の二句が用意されていることも注意しなければなりません（「寒雨」が「氷心」と相い照らしています）。寒々とした晩秋の雨、そしてそれが晴れ上がったあとのもやの中に見える、ぽつんとした山の姿、それが伏線になっているのです。すばらしい詩です。

送人帰長崎

懶雲如夢雨如塵
陌路花飛欲暮春
折尽春申江上柳
他郷又送故郷人

人《ひと》の長崎《ながさき》に帰《かえ》るを送《おく》る　竹添《たけぞえ》　井井《せいせい》

懶雲《らんうん》　夢《ゆめ》の如《ごと》く　雨《あめ》　塵《ちり》の如《ごと》し
陌路《はくろ》　花飛《はなと》んで　暮《く》れんと欲《ほっ》するの春《はる》
折《お》り尽《つ》す　春申江上《しゅんしんこうじょう》の柳《やなぎ》
他郷《たきょう》　又《また》　送《おく》る　故郷《こきょう》の人《ひと》

（七言絶句、韻字は塵・春・人）

竹添井井（一八四二―一九一七）は名を光鴻《こうこう》といい、熊本の人です。明治初年、外交官として中国に行き活躍しました。後半生は学者として、東京高等師範学校（筑波大学の前身）や東京大学で講義をして、『左氏《さし》会箋《かいせん》』のような優れた古典解釈の業績を残しました。これは中国にいた時、上海で作った詩です。長崎に帰ってゆくという人を送る、という意味です。

懶雲《らんうん》　夢の如く　雨　塵の如し

懶雲とはものうげな雲の意で、あまり見かけない言葉ですが、いかにも晩春のどんよりとした雲の様子、しかもその雲が夢のようといい、また雨がちりのようという。なかなかしゃれた表現です。つまりこれは、晩春のムードをみごとにつかんだ句です。なんとなくけだるいような、ぼうっとしたような花曇りの風景。

陌路《はくろ》花飛んで暮れんと欲するの春

陌路は大通です。大通に花が飛び散って今しも暮れてゆこうとする春。「欲暮」は暮れようとする、の意。春が暮れるとは晩春のことです。

折り尽す春申江上《しゅんしんこうじょう》の柳

春申江とは上海を流れる黄浦江《こうほこう》のこと。戦国時代、楚の宰相、春申君が浚《さら》えた川なので、しゃれて春申江というのです。その春申江のほとりの柳を折り尽して、とは、人を何度も送って、ということ。別れに柳の枝をたむけるのは前に説明しました（一〇六ページ）。

他郷又送る故郷の人

このよその国でまた故郷へ帰ってゆく人を送るのだ。この句もしゃれた表現です。今、自分は他郷に来ていて、また故郷の人を送るのだ、という言葉の裏に、言わず語らずに、自分も故郷へ帰りたいという意味が蔵《ぞう》されています。又という字に一つのポイントがあるように思われます。前の句の「折尽」と呼応して故郷へ帰る人を、何度も見送っていることを表します。いつも見送る立場にばかりある自分、ということで、ああ、だいぶ故郷を離れて長いなあ、と言わず語らずのうちに、望郷の念が漂います。

なお竹添井井には、中国の奥地を旅した有名な『桟雲峡雨日記《さんうんきょううにっき》』という、漢文で書かれた日記があります。名文で、中国の学者も非常に褒めているものです。

日本人には、送別の作品の優れたものが少ないのですが、これは晩春のムードと、望郷の念とがよくとけ合った優れた作品の一つと思います。

5　人生

貧交行
翻手作雲覆手雨
紛紛軽薄何須数
君不見管鮑貧時交
此道今人棄如土

貧交行《ひんこうこう》　杜《と》甫《ほ》
手《て》を翻《ひるがえ》せば雲《くも》と作《な》り　手《て》を覆《くつがえ》せば雨《あめ》
紛紛《ふんぷん》たる軽薄《けいはく》　何《なん》ぞ数《かぞ》うるを須《もち》いん
君《きみ》見《み》ずや　管鮑《かんぽう》　貧時《ひんじ》の交《まじ》わりを
此《こ》の道《みち》　今人《こんじん》　棄《す》てて土《つち》の如《ごと》し
（楽府体の七言古詩、韻字は雨・数・土）

この詩は天宝十一年といいますから、杜甫が四十を過ぎてまだ就職に成功せず、悪戦苦闘している時の作品です。なおこのころ杜甫にはいろいろな貴族や有力者あての就職運動の詩があります。

貧交行の「行」とは歌という意味で、楽府体の題です。この題は杜甫が作ったもので、「貧しいときの交わりの歌」という意味です。

手を翻《ひるがえ》せば雲と作《な》り　手を覆《くつがえ》せば雨

手のひらを上に向ければ雲となり、下に向ければ雨となる。「手のひらを返す」という言葉もあるとおり、そのようにくるくると様子が変わるのが世間の人情だ。

紛紛《ふんぷん》たる軽薄　何ぞ数うるを須《もち》いん

紛紛とは物が入り乱れるさま。雲となったり雨となったりクルクルと様子が変わる軽薄ものの数は数えたてるまでもない。そのような不人情は世間ではいくらでも見られることです。

貧交行（唐詩選画本）

君見ずや　管鮑《かんぽう》　貧時の交わりを、
此の道　今人　棄てて土の如し

「君見ずや」という言い方が楽府体の詩の特色です。君聞かずや、君見ずや、といって読者に呼びかけている。管鮑の貧しい時の交わりを諸君見たことがありませんか、見たことがあるでしょう、その道、管鮑貧時の交わりの道、を今の人は泥のように捨てているではありませんか。

管鮑というのは、管仲《かんちゅう》と鮑叔《ほうしゅく》です。春秋時代の斉《せい》の人ですが、二人の交わりは美しい友情で結ばれているとして有名です。貧書生の時代、二人で商売をしましたが、管仲が分け前を多くとったのに、鮑叔は管仲をよくばりと思わなかった。管仲のほうが自分より貧乏だと知っていたからです。管仲が三度仕官して三度追放になっても、鮑叔は管仲をばかだと思わなかった。チャンスがなかっただけだと知っていたからです。このように、鮑叔は管仲と心からの深い交わりを結んでいました。管仲は後年、鮑叔の推挙で桓公の宰相になりますが、「我を生む者は父母なり、我を知る者は鮑叔なり」、自分を生んだのは確かに父、母であるが、自分を本当に知る者は鮑叔だと、常々こういったということです。表面だけではない、深い交わりです。貧乏時代に心を許した交わり、ということで「管鮑の交わり」という言葉ができました。諸君見たことがありませんか管鮑の交わりを、それを今の人は泥のように捨てているではありませんかと、貧乏時代の杜甫の腹の底から出たような痛烈な叫びの歌です。

　都というところは貧乏書生には冷たいようです。張謂《ちょうい》という、杜甫と同じころの人の詩に、次のようなものがあります。

　長安《ちょうあん》の主人《しゅじん》の壁《へき》に題《だい》す

世人《せじん》　交《まじ》わりを結《むす》ぶに黄金《おうごん》を須《もち》う
黄金多《おうごんおお》からざれば　交《まじ》わり深《ふか》からず
縦令《たとい》　然諾《ぜんだく》して暫《しばら》く相許《あいゆる》すとも

題長安主人壁　　張《ちょう》　謂《い》

世人結交須黄金
黄金不多交不深
縦令然諾暫相許

終《つい》に是《こ》れ　悠悠《ゆうゆう》たる行路《こうろ》の心《こころ》

終是悠悠行路心

（七言絶句、韻字は金・深・心）

金次第の交わりを嘆いたものです。都に受験に来て落第したため、冷たい仕打ちを下宿のおやじから受けた、というようなことかもしれません。

対酒

蝸牛角上争何事
石火光中寄此身
随富随貧且歓楽
不開口笑是痴人

酒《さけ》に対《たい》す　白《はく》居易《きょい》

蝸牛角上《かぎゅうかくじょう》　何事《なにごと》をか争《あらそ》う
石火光中《せっかこうちゅう》　此《こ》の身《み》を寄《よ》す
富《とみ》に随《したが》い　貧《まず》しきに随《したが》いて　且《しば》らく歓楽《かんらく》せよ
口《くち》を開《ひら》いて笑《わら》わざるは　是《こ》れ痴人《ちじん》

（七言絶句、韻字は身・人）

この詩を作ったころの白楽天は五十代、蘇州の刺史《しし》をやめて洛陽に帰って来たころです。酒に対すというのは酒を飲んでの詩です。

蝸牛《かぎゅう》角上　何事をか争う、石火光中　此の身を寄す蝸牛というのはかたつむり、かたつむりの角《つの》の上でなにを争うのか。石火というのは火打石の火、その火の光にこの身を寄せているようなものなのに。これは対句になっています。かたつむりの角の上の争いというのは『荘子』の寓話の中に出てきます。かたつむりの左の角の上に触《しょく》氏、右の角の上に蛮《ばん》氏が国をかまえて争ったというのです。小さな世界の中で角突きあっているということになります。石火光中というのはカチッと火打石の光が飛ぶその光ということですから、本当の刹那《せつな》、短い時間。第一句は空間的に小さいこと、第二句は時間的に短いことをいっています。

　富に随い　貧しきに随いて　且《しば》らく歓楽せよ、口を開いて笑わざるは　是れ痴人

随うというのは、富につれ貧しきにつれという意味で、金持なら金持なりに、貧乏人なら貧乏人なりに、しばらく歓び楽しもう、口を開いて笑わないやつはばか者だよ、ということです。

漢代の「古詩十九首」の中に、この詩に似た趣のものがあります。

其《そ》の十五《じゅうご》
生年百《せいねんひゃく》に満《み》たざるに
常《つね》に千歳《せんざい》の憂《うれ》いを懐《いだ》く
昼《ひる》は短《みじか》く　夜《よる》は長《なが》きに苦《くる》しむ
何《なん》ぞ燭《しょく》を秉《と》って遊《あそ》ばざる

其十五
生年不満百
常懐千歳憂
昼短苦夜長
何不秉燭遊

楽《たの》しみを為《な》すは当《まさ》に時《とき》に及《およ》ぶべし
何《なん》ぞ能《よ》く来茲《らいじ》を待《ま》たん
愚者《ぐしゃ》は費《ついえ》を愛惜《あいせき》し
但《た》だ後世《こうせい》に嗤《わら》わる
仙人《せんにん》の王子喬《おうしきょう》
与《とも》に期《き》を等《ひと》しくすべきこと難《かた》し

為楽当及時
何能待来茲
愚者愛惜費
但為後世嗤
仙人王子喬
難可与等期

（五言古詩、韻字は憂・遊」時・茲・費・嗤・期）

来茲は、来年。仙人の身ではないのだから、生きているうちに楽しもうよ、費用を惜しむやつはばかだよ、というのです。

偶成

少年易老学難成
一寸光陰不可軽
未覚池塘春草夢
階前梧葉已秋声

偶成《ぐうせい》　朱熹《しゅき》

少年《しょうねん》老《お》い易《やす》く　学《がく》成《な》り難《がた》し
一寸《いっすん》の光陰《こういん》　軽《かろ》んずべからず
未《いま》だ覚《さ》めず　池塘《ちとう》春草《しゅんそう》の夢《ゆめ》
階前《かいぜん》の梧葉《ごよう》　已《すで》に秋声《しゅうせい》

（七言絶句、韻字は成・軽・声）

偶成とはたまたまできたということです。ふとした折りに胸の内に湧いたことを詩にまとめたものです。

少年老い易く 学成り難し、一寸の光陰 軽んずべからず

少年とは若者ということ。日本の少年という言葉の語感より年が上です。十代の終りから二十代の半ば位までが少年になります。若者は年をとりやすく学問は成就しにくい。うまい表現です。「一寸の光陰」とは少しの時間。少しの時間も軽んじてはいけない。年月はどんどんたつのに勉強はなかなかできあがらないものであるから、むだをせずに勉強しろということです。

朱熹（一一三〇―一二〇〇）は朱子と呼ばれ、中国の思想史上、宋学の大成者として有名です。この詩もどちらかというと、詩人というより、学者としての立場を出した詩です。つまり理屈の詩ですが、その理屈をわかりやすいたとえでいっているところが、この詩の、ミソです。

未だ覚めず 池塘《ちとう》春草の夢、階前の梧葉《ごよう》已《すで》に秋声

それはちょうど、池の堤の、春の草の夢がまだ覚めないうちに、階段の前の桐の葉にはもう秋の風が忍び寄ってくるようなものだ、というのです。なかなかしゃれたたとえですので、この詩はおもしろいものになっていいます。だいたい、勉強しろ、などとお説教するのでは、詩としてはおもしろくないが、後半のうまいたとえで救われているのです。春の萌え出た草、それが夢を見ている、若者が若さに浮れてフワフワしている感じ。その夢がまだ覚めないかというちに、もう秋風が忍び寄ってくる。何かヒヤリとしたものを感じ

させます。

なお、桐の葉は大きな葉です。その大きな葉は秋に感じやすく、ほかの木の葉よりも先にハラリと、いかにも落ちましたという風に落ちるのです。だから昔から桐の葉に秋を見るわけです。「桐一葉《きりひとは》落ちて天下の秋を知る」、という句もあります。

いつの間にか秋になって桐の葉が落ちる。そのように、うかうかするな、若いうちは長くないぞよ、という教えなのですが、後半のたとえがおもしろいのでイヤ味になっていない、という詩です。

この詩に関して、近年、作者は朱熹ではなく、日本の五山の僧侶だという説が出て、学界ではおおむね認められましたが、作者が誰であれ、詩の味わいは変りません。

ついでに、よく吟じられる、陶淵明の「勧学」という題で知られる詩にふれておきますと、「盛年重ねて来らず、一日再び晨《あした》なり難し、時に及んでまさに勉励すべし、歳月は人を待たず」と。これは長い詩の終りの部分を独立させ、勝手に題をつけたものです。実はこの詩は、前の方に「隣近所を集めて酒を飲む」という句があり、勉強しろ、どころか、酒を飲んでよく遊べ、という内容の詩なのです。「勉励」は「つとめはげむ」の意で、これは酒を飲んで楽しむことに〝つとめはげむ〟ということでした。前にあげた「古詩十九首」の「生年百に満たざるに……」の詩と似た趣旨です。誤解されて吟じられていますので、ちょっと一言しておきます。

半夜

回首五十有余年
人間是非一夢中
山房五月黄梅雨
半夜蕭蕭灑虚窓

半《はん》夜《や》　良《りょう》寛《かん》

首《こうべ》を回《めぐ》らせば　五十有余年《ごじゅうゆうよねん》
人間《じんかん》の是非《ぜひ》は　一夢《いちむ》の中《うち》
山房五月《さんぼうごがつ》　黄梅《こうばい》の雨《あめ》
半夜《はんや》　蕭蕭《しょうしょう》として虚窓《こそう》に灑《そそ》ぐ

（七言絶句、韻字は中・窓）

半夜とは夜半と同じで、夜中のこと。

首《こうべ》を回《めぐ》らせば　五十有余年、人間《じんかん》の是非は　一夢の中

ふり返ってみるといつのまにか五十年余りもたってしまった。「人間」は「にんげん」と読んでもよいが、「人」ではなくて「人の世」ということです。だから「じんかん」と読む方がまぎらわしくなくてよいでしょう。この人の世の良いこと悪いこと、いろんなできごとはまるで夢の中のようだ。

山房五月　黄梅の雨、半夜　蕭《しょう》蕭《しょう》として虚窓《こそう》に灑《そそ》ぐ

前半は回顧の情、後半は現実の景。山房は山のすまい。黄梅の雨とは梅の黄色く熟するころの雨で、梅雨《つゆ》のことです。陰暦の五月に降りますから、五月雨とも書きます。この山の静かな草庵にさみだれが降ってい

る、真夜中にふと気がつくと、このさみだれが、音寂しく、人気のない窓辺に降り注ぐのです。

虚窓というのは、誰もいない静かな部屋の窓。この「虚《きょ》」という字が非常によく効いています。（「虚《こ》」とよむのは、呉音のよみ方です。）中年を過ぎた作者が、山の草庵にただ一人寝ていると、シトシトとさみだれの音、ああ、おれも五十を過ぎたなあ、夢のようだ、……そのむなしさが、「虚」の字にこめられているようです。

五十過ぎの年齢は、今の感覚とは違います。もう人生の晩年なのです。その回顧の情と、夜の雨のムードとがみごとにとけ合っています。なにげない描写ですが、この句は印象的です。

この詩と似た趣のものに、寒山《かんざん》の次の詩があります。

一《ひと》たび寒山《かんざん》に向《お》いて坐《ざ》す
淹留《えんりゅう》　三十年《さんじゅうねん》
昨来《きのう》　親友《しんゆう》を訪《たず》ぬれば
太半《たいはん》は黄泉《こうせん》に入《い》る
漸減《ぜんげん》して残燭《ざんしょく》の如《ごと》く
長　流《ちょうりゅう》して逝川《せいせん》に似《に》たり
今朝《こんちょう》　孤影《こえい》に対《たい》し
覚《おぼ》えず　涙《なみだ》　双《なら》び懸《か》かる

一向寒山坐
淹留三十年
昨来訪親友
太半入黄泉
漸減如残燭
長流似逝川
今朝対孤影
不覚涙双懸

（五言古詩、韻字は年・泉・川・懸）

寒山は唐の人で、仏者です。その詩は禅味の深いものですが、この詩のように、過ぎし日に涙する人間らしさを感じさせるものもあります。良寛の詩にも、そうした人間味が漂います。なお、良寛は七十歳に近いころ、二十九歳の貞信尼《ていしんに》と知り合って、恋愛しています。良寛らしいほほえましいことです。

つけ加えておきますと、この詩は「五十」「五月」のように同じ字を二度用いたりして、絶句の規則にはずれているところがあります。良寛の作で、規則どおりのものは一首しかない、ということです。李白が型破りの詩を作ったのと同様の、自由な詠い方をあえてしたものでしょう。

冬夜読書

雪擁山堂樹影深
檐鈴不動夜沈沈
閑収乱帙思疑義
一穂青燈万古心

冬夜読書《とうやどくしょ》　菅《かん》　茶山《ちゃざん》

雪《ゆき》は山堂《さんどう》を擁《よう》して　樹影深《じゅえいふか》し
檐鈴《えんれい》動《うご》かず　夜沈沈《よるちんちん》
閑《しず》かに乱帙《らんちつ》を収《おさ》めて　疑義《ぎぎ》を思《おも》う
一穂《いっすい》の青燈《せいとう》　万古《ばんこ》の心《こころ》

（七言絶句、韻字は深・沈・心）

菅茶山（一七四八—一八二七）、名は晋帥《ときのり》、茶山はその号。広島県神辺《かんなべ》の人です。始め京都に出て学問を修め、のちに帰郷して黄葉夕陽村舎《こうようせきようそんじゃ》という私塾を開いて子弟を教育しました。頼山陽の父の春水の友人で、山陽も学んだことがあります。その後、塾は藩校となって盛んになります。七言絶句に優れ、東の寛斎（市河世寧《せいねい》）、西の茶山といわれますが、地味ながら風格の高い詩風です。

この詩は冬のある夜、静かに読書する心境をうたう深い趣の漂う詩です。前半は屋外の様子。

雪は山堂を擁して　樹影深し

雪が山の草堂に降りつもっている。擁するとは、かかえるの意。雪が山堂をかかえるというのは、草庵が深く雪に埋もれていることをいいます。樹影深し、とは木の影が黒く見えること。もちろん木の上にも雪が積っているでしょうが、この山堂の外の景は雪の白と、木の黒い影。山奥の静かな草堂の趣。

檐鈴《えんれい》動かず　夜沈沈

軒端《のきば》につるした鈴、ことりともしない。夜がしんしんと更けてゆく。沈沈というのは、夜が更けるさま。宋の蘇東坡の有名な「春夜」という詩にも、「鞦韆院落《しゅうせんいんらく》夜沈沈」という句があります。

第一句、第二句を見ると、前半ではシーンとした雰囲気がかもしだされています。このシーンとした雰囲気の中で、一人静かに本を読んでいる作者の姿がとらえられます。

ここで、軒端の鈴が動かない、ということにより、外は風が吹いていないことが暗示され、それが、第四句のジッと燃える燈火を描く伏線になっていることに注意してください。

閑《しず》かに乱帙《らんちつ》を収めて　疑義を思う

後半は室内の様子。しずかに乱れた書物を収めて、今読んだ本について考える。帙とは和とじの本をまとめる、今でいうブックケースです。机のまわりに書物をひろげて読みふけっていたが、夜もしだいに更けてきたので、心しずかに散らばった本を片づけ、あれこれ、疑問の点を考える。

一穂《いっすい》の青燈　万古の心

穂は穂《ほ》のこと、燈火の形容に用います。外に風が吹かないので、部屋の中も隙間《すきま》風が来ない。燭台の青い炎が、稲の穂の形をして静かに燃えている。その炎が万古の心を照らし出す心地である。今読んだ本はいずれも先哲の本です。その昔の学者の心が自分の心に通って来るという意味です。

この詩でうまいのは「一穂青燈」です。古典の中の先人の心と、自分の心とが、ジッと燃える青い一つの燈火を仲立ちにして通い合う、といった感じを与えます。そこに一つ集中するものが感ぜられる、いかにも心の中にしみ入る深い趣です。この詩も勉強の詩ですが、お説教的ではなく、学問をすることの楽しみ喜びを、言わず語らずのうちに訴える、いわば無言の教えのような詩です。たいへん優れた勉強の詩です。

桂林荘雑詠　示諸生　其一　桂林荘雑詠《けいりんそうざつえい》　諸生《しょせい》に示《しめ》す　其《そ》の一《いち》　広瀬《ひろせ》　淡窓《たんそう》

休道他郷多苦辛　道《い》うを休《や》めよ　他郷《たきょう》　苦辛多《くしんおお》しと

同袍有友自相親
柴扉暁出霜如雪
君汲川流我拾薪

同袍《どうほう》 友有《ともあ》り 自《おのずか》ら相親《あいした》しむ
柴扉《さいひ》 暁《あかつき》に出《い》づれば 霜《しも》 雪《ゆき》の如《ごと》し
君《きみ》は川流《せんりゅう》を汲《く》め 我《われ》は薪《たきぎ》を拾《ひろ》わん
（七言絶句、韻字は辛・親・薪）

広瀬淡窓（一七八二―一八五六）、名は簡《かん》、後に建《けん》。淡窓はその号。今の大分県日田の人です。七、八歳で『孝経』『四書』の素読を終えるという英才ぶりで、九州各地に遊学し、博多の亀井南冥《なんめい》、昭陽《しょうよう》父子に学びますが、病のため帰郷して二十四歳で塾を開きます。高野長英・大村益次郎ら門弟四千余人がその門から出たといいます。晩年、長年の子弟教育の功を認められ、幕府から士籍に列せられ、苗字帯刀を許されました。塾の学則は厳しかったそうですが、その人柄は温厚で、詩も多くは淡々とした古風のものです。

桂林荘とは、彼が二十六歳のときに建てた塾の名です。その後入門者も増え手狭になったため、近くの村に咸宜園《かんぎえん》という塾を建てるのですが、これはまだそれほど規模も大きくない塾の時代、塾生に示した詩です。

道《い》うを休めよ 他郷苦辛多しと

「道」という字は言うという意味、「休」は禁止。言いなさんな、他の国に来て苦労が多いなどとは。

同袍《どうほう》 友有り 自ら相親しむ

袍は綿入れの着物。同袍とは『詩経』にある言葉で、同じ着物をいっしょに着合うことです。よその国へ勉強しに来て苦労が多いなどとは言うな、ここには、いっしょに勉強する友達がいて仲良くなるではないか。

柴扉《さいひ》 暁に出づれば 霜 雪の如し、君は川流を汲め 我は薪を拾わん

柴扉とは柴《しば》の粗末な扉、枝折戸《しおりど》です。朝早く戸を開けて外へ出ると、霜が雪のように真っ白である。さあ、君は川の水を汲んで来たまえ、僕は薪を拾いに行くからね。朝の炊事のしたくです。

この詩は単なる勧学の詩ではありません。共同生活をしながら勉強をしていく楽しみ、喜びをうたうものです。その楽しみをなににとらえるかということが、詩人のセンスになるわけですが、淡窓は、冬の朝の炊事のしたくという一コマにとらえた。これが非凡な着想なのです。

しらじら明けに庭に出てみると、真っ白に霜が降りているということで、キュッとはりつめた雰囲気が伝わってきます。だらだらしない、勉学の場の厳しい雰囲気。吐く息も白く見えることでしょう。そして、皆

咸宜園（© JTBフォト）

が分担して炊事のしたくをする。川の水を汲んでくる者もあり、薪を拾いに行く者もある、その情景の中におのずから通い合う喜びがにじみ出ます。その厳しさ辛さの中の楽しみ喜び。それにしてもうまいものです。寒さのもたらす緊張感、春の朝とか夏の朝ではなく、あえて作者が冬の朝を選んだのは、こういう効果をねらったものなのです。あるいは、先輩菅茶山の「冬の夜」からヒントを得たものかもしれません。

もう一つ、「柴扉」という言葉によって、清貧が強調されます。皆が住んでいる塾は金殿玉楼《きんでんぎょくろう》ではない、柴の枝折戸に代表される粗末な住居である。学問をするのにふさわしいのは清貧の環境なのです。ここには教育の本質が鋭くとらえられています。りっぱな教室、ととのった制度のもとに行われている現代の学校教育は、どうだろうか、という反省もおこってきます。

こう見てくると、塾で勉強する書生を励ますものとして、実に適切な詩です。おそらく日本の勉学を詠う詩の中で、菅茶山の「冬夜読書」と並びもっとも優れた詩だと思います。ことに後半の二句に表れた、作者の詩人としてのセンスを汲まなければいけません。

桂林荘雑詠　示諸生　其二

遥思白髪倚門情
留学三年業未成
一夜秋風揺老樹
孤窓欹枕客心驚

桂林荘雑詠《けいりんそうざつえい》　諸生《しょせい》に示《しめ》す　其《そ》の二《に》　広瀬《ひろせ》　淡窓《たんそう》

遥《はる》かに思《おも》う　白髪《はくはつ》　門《もん》に倚《よ》るの情《じょう》
留学三年《りゅうがくさんねん》　業《ぎょう》　未《いま》だ成《な》らず
一夜秋風《いちやしゅうふう》　老樹《ろうじゅ》を揺《ゆ》るがす
孤窓《こそう》　枕《まくら》を欹《そばだ》てて　客心《かくしん》驚《おどろ》く

（七言絶句、韻字は情・成・驚）

次に、今の詩に劣らず評判の高い、「其の二」を見ます。

遥かに思う 白髪 門に倚《よ》るの情、 留学三年 業 未だ成らず

遠く思いやる、白髪頭《しらが》の年老いた両親が門口《かどぐち》によりかかって自分のことを案じているその心を。さて自分はといえば、よその地に勉強に来てもう三年も経つのに、まだ学業はものにならない。「倚門情」は、春秋時代の衛《えい》の王孫賈《おうそんか》の母が、門に倚りかかって子の賈の帰りを待っていた故事によります。親が子の帰りを待つ心。「留学」というのは今日の意味と少し違います。文字どおりその土地に留って学ぶこと。なお、このことばは日本人くさい言い方（和臭または和習といいます）かとも思います。「遊学」というのが普通の言い方でしょう。このあたりには孟子の母親の話が影響を及ぼしています。

孟子が若いころ、よその土地に勉強に出たけれども、途中でやめて国へ帰ったら、お母さんがちょうど機《はた》織りをしている。母は孟子が学業を途中でやめて帰ったことを知ると、織りかけの布をズタズタに切ってしまった。そして言うには、お前が途中で勉強をやめて帰るのは、私が今この織りかけの布を断ち切ったのと同じだよと。母のきびしい諭《さと》しに、また勉強をし直して、あのような立派な学者になったという、「孟母断《もうぼだん》機《き》」として知られる話です。自分は勉強に来て三年にもなるのにまだものにならない。でも帰るわけにはいかないのです。

一夜秋風　老樹を揺るがす、孤窓　枕を欹《そばだ》てて　客心驚く

ある夜、秋風がビューッと吹いて、年老いた樹を動かしていった。私は孤独な窓辺で枕をそばだてて聞き、ハッと驚いたことである。客心は旅人の心。故郷を離れて秋の夜、うつらうつらとしていると、大きな樹が風にゆらぐ音がして、思わずハッと目覚めたのです。「秋風　老樹を揺るがす」という句の裏には、「風樹《ふうじゅ》の歎《たん》」というこれも中国の古いことわざが影をおとしています。「樹《き》静かならんと欲すれども風止《や》まず、子養わんと欲すれども親待たず」という『韓詩外伝《かんしげでん》』にある句からでた語です。樹が静まろうとしても風が吹きやまない、と同じように、子供が親に孝養を尽そうとしても親は待ってくれない、ということです。わが国にも「孝行のしたい時には親はなし」という川柳があります。ここで老樹といっているところに、故郷で待つ年老いた両親、早く親孝行しなくては、というニュアンスを効かせています。勉学の焦りと望郷の思いに揺れ動く青年期の心を巧みにとらえた詩です。

将東遊題壁

男児立志出郷関
学若無成死不還
埋骨豈惟墳墓地
人間到処有青山

将《まさ》に東遊《とうゆう》せんとし壁《へき》に題《だい》す　釈《しゃく》　月性《げっしょう》

男児《だんじ》志《こころざし》を立《た》てて　郷関《きょうかん》を出《い》づ
学《がく》若《も》し成《な》る無《な》くんば　死《し》すとも還《かえ》らず
骨《ほね》を埋《うず》むる　豈惟《あにただ》　墳墓《ふんぼ》の地《ち》のみならんや
人間《じんかん》到《いた》る処《ところ》　青山《せいざん》有《あ》り

（七言絶句、韻字は関・還・山）

釈月性（一八一七—一八五六）は、周防《すおう》（山口県）の人で、清狂《せいきょう》と号しました。十三歳で得度し、真宗の僧となりますが、各地の塾に学び、斎藤拙堂《せつどう》・梁川星巌・広瀬淡窓や、特に吉田松陰《しょういん》など尊王攘夷の志士らと交際します。もっぱら、海防・攘夷を説いたので、海防僧月性といわれました。このころちょうど、幕府がペリーと日米和親条約を締結した時世（一八五四年）でもありました。

この詩は幕末の志士、村松文三《ぶんぞう》の作という説もありますが、今日では、月性の作というのがほぼ定説になっているようです。若いころ、大阪に勉学に赴こうとした折のものです。故郷を出る時に壁に書いたというのが題意。

男児志を立てて　郷関を出づ、学若《も》し成る無くんば　死すとも還らず

男が志を立てて故郷を出るならば、学問が成就しないうちは死んでも帰らんぞ、と、前半の二句は強い決意を表しています。「死すとも還らず」は、別のテキストでは「復た還らず」になっていますが、そのほうが言葉としては落ち着きがよい。ただ、死んでも帰らない、というのはいかにも強い表現です。

骨を埋むる　豈惟《あにただ》　墳墓の地のみならんや、人間到る処　青山有り

骨を埋めるのは、ただ故郷の墓のある土地だけであろうか、いやそうではない。この人の世は到る所に

青々とした山があるではないか、故郷ばかりが骨を埋める土地ではないぞ、という意味です。この句は、蘇東坡の「是《こ》の処の青山骨を埋むべし」の句にヒントを得ているのでしょう。古くは、阮籍《げんせき》の句にも「北のかた青山の阿《くま》を望む、松柏高岑《こうしん》を翳《おお》う」とあり、墓には松や柏《はく》を植えるので、青々とするのです。しかし、ここで「人間到る処青山有り」というのは、単に墓地の山の意にとどまらず、広く志の果すべき地、可能性をひめてひろがる地、の象徴として詠っているようです。青々とした山である世間に出て、力いっぱい勉学をし、活躍しよう、たとえ、よその土地で死んだってかまわない、ということです。

いかにも幕末の志士の風の、力強い詩です。詩として見るとこの詩は理屈の詩です。また前半は表現も固い。しかし、「人間到処有青山」の句がなかなかしゃれていて効いています。詩の味わいはこの句で救われている、といってよいでしょう。

6 感傷

静夜思

牀前看月光
疑是地上霜
挙頭望山月
低頭思故郷

静夜思《せいやし》　　李《り》白《はく》

牀前《しょうぜん》　月光《げっこう》を看《み》る
疑《うたが》うらくは是《こ》れ　地上《ちじょう》の霜《しも》かと
頭《こうべ》を挙《あ》げて　山月《さんげつ》を望《のぞ》み
頭《こうべ》を低《た》れて　故郷《こきょう》を思《おも》う

（五言絶句、韻字は光・霜・郷）

「静夜思」というのも楽府題《がふだい》です。ただし李白の創作になる楽府です。静かな夜の思いという意味。

牀前《しょうぜん》　月光を看る

牀はベッドと訳すことが多いが、ベッドとは少し違います。中国の室内には、すみに土間から一段高く木で造った台があり、ここで日常の生活をするし、寝もする、それが牀です。作者は牀で寝ているのですが、その牀の前の土間に月の光が射し込んでいるのが目に入ります。

疑うらくは是れ　地上の霜かと

疑うらくは是れ、は「廬山の瀑布を望む」の詩（七六ページ参照）にもありました。地上の霜かと見まごうばかり。あまりに冴え冴えしているので霜かと思った、よく見ると霜ではなく月の光だ。その月の光はどこから射し込むのか、と見上げてゆくと、山の端にかかっている月が見えます。

頭《こうべ》を挙げて　山月を望み、頭を低《た》れて　故郷を思う

頭を挙げて山の端の月を望んでいるうちに、自然に故郷のことが懐かしまれて頭が低れてしまう。このように、作者の心の動きが自然に流れている作品です。最初に霜のような月の光をみとめて、それを目でたどって山の月を望み、月を見ているうちに自然に悲しくなって、頭が低れてしまうというふうに、ひと続きになっているのです。

月は鏡にたとえられ、今自分が見ている月は故郷でも見ているだろう、という連想はよく詩に出てきます。もちろん、この月は満月です。李白の故郷は山国です。山の端にかかる満月によって、山国の故郷にさし出ている月を、いつの間にか偲んでいるのです。静かな夜の思いは、望郷の思いなのでした。

後半の二句は、一応対句と見てよいですが、頭を挙げて、と、頭を低れて、という同じような表現のくり返しは、古風な味わいを出しています。

ところで、この詩はテキストによって字の異同があります。第一句を「牀前明月光」、第三句を「挙頭望明月」とするものです。こちらの方は『唐詩三百首』（清《シン》の蘅塘退士《こうとうたいし》・孫洙《そんしゅ》の編）、「……看月光」、「……望山月」は『唐詩選』（明《ミン》の李攀龍《りはんりょう》の編）によるものです。日本ではもっぱら『唐詩選』を読みますが、中国では『唐詩三百首』を読んでいます。どちらが正しいというのではないのですが、やはり「山の月」を望む方が、味わいが深いようです。

春望

国破山河在
城春草木深
感時花濺涙
恨別鳥驚心
烽火連三月
家書抵万金
白頭掻更短
渾欲不勝簪

春《しゅん》望《ぼう》　杜《と》甫《ほ》

国破《くにやぶ》れて　山河《さんが》在《あ》り
城春《しろはる》にして　草木《そうもく》深《ふか》し
時《とき》に感《かん》じては　花《はな》にも涙《なみだ》を濺《そそ》ぎ
別《わか》れを恨《うら》んでは　鳥《とり》にも心《こころ》を驚《おどろ》かす
烽火《ほうか》　三月《さんげつ》に連《つら》なり
家書《かしょ》　万金《ばんきん》に抵《あ》たる
白頭《はくとう》　掻《か》いて更《さら》に短《みじか》く
渾《す》べて簪《しん》に勝《た》えざらんと欲《ほっ》す

（五言律詩、韻字は深・心・金・簪）

作者はこの時、都の長安に幽閉されていました。七五五年十一月に安禄山の乱が起り、翌年の六月に長安が落ち、玄宗は蜀に逃げます。楊貴妃が殺されたのもこの時です。そのころ、杜甫は家族を鄜州《ふしゅう》へあずけ、新しい皇帝、玄宗の息子の粛宗《しゅくそう》のもとに駆けつけようとして、賊につかまり長安に幽閉されたのです。この詩はその翌年、七五七年の春のこと、杜甫の四十六歳の時の作品です。

国破れて　山河在り、城春にして　草木深し

この二句は対句になっています。国とは国都のこと、すなわち長安。長安の都は破壊されて、あとに山と河がそのままにある。城とは町のことでこれも長安を意味します。長安の町には春がやって来て、草や木が深々とおい茂った。なにげない表現ですが、深いものが蔵されています。

細かく見ましょう。第一句は遠景、第二句は近景です。国都長安が破壊されて、山や川があるというのは、大きな家や高殿《たかどの》がみな破壊されて、瓦礫《がれき》の山になり、今まで建物のかげになっていた山が向こうにくっきりと見え、むき出しになった川が人事の興亡を知らぬげにゆっくり流れているのです。この句を見ると、ちょうど太平洋戦争で、破壊し尽された東京の姿、丸の内の辺り、瓦礫の間にペンペン草がおい茂り、はるか向こうには富士山がくっきりと望まれた情景が思い出されます。まさしく、国破れて山河在り、の趣がありました。

城春にして草木深し、について見ますと、春は人間の興亡におかまいなしにやってくる。草も木も春になればおい茂る。しかしそれが深々とおい茂るという表現の裏に、辺りには誰もいないことが暗示されます。もし、都が栄えていれば、草や木が町においで茂るということはないでしょう。瓦礫の山の中にペンペン草がおい茂るというのが、草木深し、の情景なのです。この二句の遠近の構成によって、都の荒廃のさまはグッと立体的に迫ってきます。

時に感じては　花にも涙を濺《そそ》ぎ、別れを恨んでは　鳥にも心を驚かす

時とは戦乱の時節、戦乱の時節に感じて花にも涙を濺ぐのです。花は春の美しいもの、普通なら花を見て喜ぶはず。ところが今は戦乱の時、その戦乱の時に感じては美しい花も涙のたねです。家族との別れを恨んでは、楽しかるべき鳥の声にもハッと心を驚かす始末だ。ちょうど鳥は巣作りをし、雛《ひな》を育てている時節、鳥は無心に高らかに鳴くのですが、妻子や朋友と別れている者にとってはやはり胸を痛めるたねなのです。花とか鳥とか春の景物が逆にはたらいているのです。時に感じて、の句のほうは国家の混乱を悲しみ、別れを恨むほうは自分の家族との別離ですから、つまり「公」と「私」の二つの柱によって構成されています。この二句も対句です。

烽火《ほうか》　三月に連なり、家書　万金に抵《あ》たる

のろしの火が三月に連なる。この三月には二説あって、春三月の今をさすとして、今の季節にもまだのろ

しの火が続いているという意味にとるのと、三ヶ月として、のろしが三ヶ月も続くととるのとありますが、私は後者をとります。『史記』の「項羽本紀」に、項羽が秦の都の咸陽《かんよう》に火をつけて、その火が三ヶ月燃え続けたというのに「火三月滅せず」とあります。「三月」は、きっちり三月《みつき》というのではなく、長い間、の意です。ここで「烽火三月に連なり」というと、自然その記事が連想されるのです。のろしの火が三ヶ月も連なって絶えないということにより、「項羽本紀」の延々と三ヶ月燃え続けた咸陽の都の荒れ果てたさまと、二重写しになるところに、おもしろみがあると思います。のろしの火は、つまり戦火のことです。

この句が「公」をいうものとすれば、次の句は「私」です。家から来る手紙は万金の値にもあたる、というのは、めったに来ないから、たまに来た手紙が非常に貴重だ、お金に直せば万金だということ。家族からのたよりを待ちわびる作者の気持が痛切にうたわれています。この二句も対句です。

白頭　搔《か》いて更に短く、渾《す》べて簪《しん》に勝《た》えざらんと欲す

最後は結びになります。私はもう年も四十六歳だ、しらが頭になり、搔けば搔くほど短くなった。まるっきり、冠を止めるピンにも勝えられなくなりそうだ。簪とは、昔の役人が冠を髪に止めるピンのことです。しらがが短くなって、ピンも止められなくなりそうだ、とは、もう役人務めもできなくなりそうだ、ということのたとえです。自分はなんとか国家の役に立ちたいと思って、今まで一所懸命務めてきた。今も、こうして新しい天子の下に駆けつけて、お役に立ちたいと思っていた矢先に捕われてしまった。こんなぐあいに幽閉されていたのでは、もうとても役人務めなどできそうにない、と、「私」の事情から発して最後は「公」

のことになって結んでいます。みごとな構成です。第三句から、公―私、公―私、私―公と最後は交錯させて結ぶ。「交錯《こうさく》句法」といいます。

四十六歳位では今ならそんなに歳ではないが、当時の社会では、中年を過ぎて老年にさしかかろうかという年配です。そのような歳になっていながら、幽閉の身の上だというお先真っ暗な悲しみです。なお、杜甫はこの後、まもなく脱走して新しい皇帝の下に駆けつけ、お褒めにあずかって、左拾遺《さしゅうい》という役職につきます。またピンを止めることができたわけです。ついでにつけ加えますと、この詩は芭蕉の『奥の細道』の平泉のところに、引用されています。

江南逢李亀年

岐王宅裏尋常見
崔九堂前幾度聞
正是江南好風景
落花時節又逢君

江南《こうなん》にて李亀年《りきねん》に逢《あ》う　　杜《と》甫《ほ》

岐王《きおう》の宅裏《たくり》　尋常《じんじょう》に見《み》
崔九《さいきゅう》の堂前《どうぜん》　幾度《いくたび》か聞《き》く
正《まさ》に是《こ》れ　江南《こうなん》の好風景《こうふうけい》
落花《らくか》の時節《じせつ》　又《また》　君《きみ》に逢《あ》う

（七言絶句、韻字は聞・君）

この作品は杜甫の亡くなる年の作品です。杜甫は五十九歳の年末に死にました。この年、七七〇年の晩春、都から遠く離れた江南（この詩では洞庭湖の南の方）でゆくりなくも李亀年に出会ったという詩です。李亀年はかつて、玄宗皇帝の全盛期に、玄宗お気に入りの楽人としてもてはやされ、姿もやさしく、舞も上手、歌も上手の、スターだった人です。

岐王《きおう》の宅裏　尋常に見、崔九《さいきゅう》の堂前　幾度か聞く

昔、岐王様のやかたの中でしょっちゅうお目にかかりましたね、崔九様のお座敷の前では何度もあなたの歌を聞きました。前半の二句は対句です。岐王は玄宗の弟、崔九は崔滌《さいてき》という貴族で、考証によると、この人達が生きていた時代は、杜甫の十代のことです。十代の杜甫がお父さんについて、こういう貴族の屋敷で催おされる宴会の末席に連なっていたのでしょう。その末席から、当時のスターであった李亀年を憧れの目で見たこともあるのでしょう。ああ、岐王様のお宅ではよくお会いしましたね、崔九様のお屋敷でもずい分お聞きしましたよ。

正に是れ　江南の好風景、落花の時節　又　君に逢う

今ちょうど、所は都から遠く離れた江南地方の晩春の好風景の中にいます。ハラハラと花びらの散る時節に、またあなたに出逢うとは、思いもかけないことでした。

杜甫は五十九歳ですから、その十代にすでにスターであった李亀年は七十くらいになっていたと思います。かつてのスターも歳をとり、しかも落ちぶれて、こんな地方までどさ回りをしている。そのどさ回りの一行と偶然に杜甫は出逢ったのです。思いがけない邂逅《かいこう》の喜びと、お互いの境遇の変化の悲しみが、ハラハラと

花の散る江南の晩春の好風景の中でみごとにとらえられています。この詩を読むと、二人のおじいさんが手を取り合って泣いている、そのバックには桃の花、といった一幅の絵が眼前に浮び上がってくる心地です。
杜甫の死ぬ年の作品と思えば、一層の感慨をもよおします。

除夜作

旅館寒燈独不眠
客心何事転凄然
故郷今夜思千里
霜鬢明朝又一年

除夜《じょや》の作《さく》　　高《こう》　適《せき》

旅館《りょかん》の寒燈《かんとう》　独《ひと》り眠《ねむ》られず
客心《かくしん》　何事《なにごと》ぞ　転《うた》た凄然《せいぜん》たる
故郷《こきょう》　今夜《こんや》　千里《せんり》を思《おも》う
霜鬢《そうびん》　明朝《みょうちょう》　又一年《またいちねん》

（七言絶句、韻字は眠・然・年）

高適（七〇七—七六五）、字は達夫《たっぷ》、また仲武。山東省滄州《そうしゅう》の人。若いころ放浪し、李白や杜甫と共に旅行したこともあります。また、岑参《しんじん》や王之渙《おうしかん》とも交遊がありました。七四九年に科挙の有道科に及第して役人となり、晩年にかなりに出世しまして、蜀の地方の長官となったおり、杜甫がやっかいになったこともあります。詩は五十歳から作り始め、たちまち一流になったといいます。
この作品はいつの時代のものかわかりませんが、中年を過ぎたある年の大晦日《おおみそか》に、故郷を遠く離れた旅館で作ったもののようです。

旅館の寒燈 独り眠られず、客心 何事ぞ 転《うた》た凄然たる

旅館の寂しげな燈火のもと、一人眠れないで起きている私、旅の心はなんで、このようにものすごく悲しいのだろう。客心は旅人の心、作者の心です。転たとは、いよいよ、ますますという副詞。凄然はものすごいまでに悲しいこと。なんでまた、こんなに悲しみが襲ってくるのだろう。前半の二句を見ると、みすぼらしい旅籠《はたご》、その中でポツンと燈火をつけて、まんじりともしないで起きている作者、その孤独感がヒシヒシと伝わってきます。しかも今夜は大晦日なのです。

故郷 今夜 千里を思う、霜鬢《そうびん》 明朝 又一年

故郷では今夜きっと、千里離れた自分のことを思っているだろう。明日になれば、年が明けて、またもう一つ歳をとり、霜のような髪の毛はまた一層白くなることだろう。霜鬢とは霜のような白髪です。明朝又一年、とは、今日では満で歳を数えるため、元日になっても歳をとりませんが、昔は日本でも数え年でいいましたから、大晦日が一夜明けると一つ歳をとるのです。そのことが頭にないと、この詩の意味がピンときません。

なお、第三句と第四句は対句になっています。第三句は故郷のことを今夜千里離れたここから思う、ととることもできますが、この語の順序どおりに、故郷が、今夜千里離れた私のことを思っているだろうなあ、ととったほうが、屈折した表現になっていておもしろいと思います。王維の詩に、今ごろは故郷の兄弟が山

の上で、一人欠けていて、いない自分のことを思っているだろうなあ、というのがあります。それと同じで、ストレートに故郷を思う、というより、かえって強い望郷の念が伝わってきます。
ただ、この詩を見る時に、寒燈の「寒」、独りの「独」、客心の「客」、凄然の「凄」、霜髪の「霜」など、一連の、悲しみをそそる方向の語が多く、やや表現過多になっているように感じられます。ともあれ、大晦日という一年の中で特別な夜、遠い旅の身空にあっての、孤独な旅人の心がよくとらえられた作品です。

九月十日

去年今夜侍清涼
秋思詩篇独断腸
恩賜御衣今在此
捧持毎日拝余香

九月十日《くがつとおか》　菅原《すがわらの》　道真《みちざね》

去年《きょねん》の今夜《こんや》　清涼《せいりょう》に侍《じ》す
秋思《しゅうし》の詩篇《しへん》　独《ひと》り断腸《だんちょう》
恩賜《おんし》の御衣《ぎょい》　今此《いまここ》に在《あ》り
捧持《ほうじ》して　毎日余香《まいにちよこう》を拝《はい》す
（七言絶句、韻字は涼・腸・香）

菅原道真（八四五―九〇三）、大学頭《だいがくのかみ》・文章博士《もんじょうはかせ》の家系に生れ、八七七年には彼も文章博士になります。時の権力者であった藤原氏との抗争はありましたが、八九九年には右大臣にまで進みます。しかし、九〇一年、讒言《ざんげん》にあって、一転して九州の太宰権帥《だざいのごんのそつ》に流され、そこで一生を終えました。詩は白楽天の再来かといわれ、平安朝最大の漢詩人です。今も学問の神様として神社にまつられているほどです。道真は最後の遺唐大使に任命されましたが、行くことなく終りました。それはちょうど唐の滅亡のころでもあったし、行くことに危険も伴ったので、行かなかったと思われます。

この作品は、太宰権帥に落された時のものです。九月十日とは、九月九日の重陽の節句の一日後という意味で、題が「重陽後一日」となっているテキストもあります。

去年の今夜 清涼に侍《じ》す、秋思の詩篇 独り断腸

去年の今夜、清涼殿に侍《はべ》って「秋思」という詩を作った。その詩のことを考えると、腸《はらわた》の断ち切れる思いだ。「独り断腸」は秋思の詩編の内容が、自分のだけもの悲しくできた、ととる説もありますが、その時の秋思の詩篇について思い出すに、断腸の悲しみだ、ととるほうがよいでしょう。「独」は一人だけ、ではなく、今遠く都を離れて、こちらでは腸を断ち切っております、というニュアンス、強調です。

前年、昌泰三年（九〇〇）の九月十日、宮中の清涼殿で、重陽の節句の翌朝の詩の会がもよおされ、その席で「秋思」という詩の題が出された折、右大臣道真の詩が優れているというので、天皇のお褒めにあずかったのです。

恩賜の御衣《ぎょい》 今此に在り、捧持《ほうじ》して毎日余香を拝す

その時天皇からいただいたご褒美の着物は、九州まで持って来てここにある。捧げ持って毎日、その残り香を拝していることである。昔の人は着物に香を焚きしめていましたので、一年たってうすれたけれど、懐

かしい残り香が匂うのです。ここでは同時に、天子の自分にかけてくださった恩寵、を意味しています。去年いただいた着物をいつも伏し拝んでは、天子のありがたいお恵みを偲ぶということです。

いかにも道真らしい詩です。真面目で小心翼翼たる風がよく出ており、率直な悲しみが伝わってきます。

なお、前年に作った「秋思」の詩も紹介しておきましょう。

秋《しゅう》思《し》

丞相《じょうしょう》　年《とし》を度《わた》って幾《いく》たびか楽思《らくし》す
今宵《こんしょう》　物《もの》に触《ふ》れて自然《しぜん》に悲《かな》し
声《こえ》は寒《さむ》し　絡緯《らくい》　風吹《かぜふ》くの処《ところ》
葉《は》は落《お》つ　梧桐《ごとう》　雨打《あめう》つの時《とき》
君《きみ》は春秋《しゅんじゅう》に富《と》み　臣《しん》は漸《ようや》く老《お》ゆ
恩《おん》は涯岸《がいがん》無《な》く報《ほう》ずること猶遅《なおおそ》し
知《し》らず　此《こ》の意《い》　何《いず》くにか安慰《あんい》せん
酒《さけ》を飲《の》み琴《こと》を聴《き》き　又《また》　詩《し》を詠《えい》ず

秋思

丞相度年幾楽思
今宵触物自然悲
声寒絡緯風吹処
葉落梧桐雨打時
君富春秋臣漸老
恩無涯岸報猶遅
不知此意何安慰
飲酒聴琴又詠詩

（七言律詩、韻字は、思・悲・時・遅・詩）

丞相は、右大臣である自分のこと。楽思は、楽しい思いをする。絡緯はこおろぎ。君は醍醐天皇。春秋に富む、とは若い、ということ。当時は、天皇は十六歳、道真は五十六歳でした。涯岸は、はて、かぎりの意。第六句は、絶大な御恩を受けたのにお報いすることができません、ということ。

不出門

一従謫落在柴荊
万死兢兢跼蹐情
都府楼纔看瓦色
観音寺只聴鐘声
中懐好逐孤雲去
外物相逢満月迎
此地雖身無検繫
何為寸歩出門行

門《もん》を出《い》でず　菅原《すがわらの》道真《みちざね》

一《ひと》たび謫落《たくらく》せられて　柴荊《さいけい》に在《あ》りしより
万死《ばんし》兢兢《きょうきょう》　跼蹐《きょくせき》の情《じょう》
都府楼《とふろう》は　纔《わず》かに　瓦《かわら》の色《いろ》を看《み》
観音寺《かんのんじ》は　只《ただ》　鐘《かね》の声《こえ》を聴《き》くのみ
中懐《ちゅうかい》は好《よ》し逐《お》わん　孤雲《こうん》の去《さ》るを
外物《がいぶつ》は相逢《あいあ》う　満月《まんげつ》の迎《むか》うるに
此《こ》の地《ち》　身《み》に検繫《けんけい》無《な》しと雖《いえど》も
何為《なんす》れぞ寸歩《すんぽ》も門《もん》を出《い》でて行《ゆ》かん

（七言律詩、韻字は荊・情・声・迎・行）

道真は、右大臣から一転して、太宰権帥に落され、九州へ流されてしまう。そのショックは非常に大きかったと思います。二年余りで、その地に亡くなってしまいましたが、この詩はその左遷された心境を詠じたものです。なお「不出門」という詩の題名は、道真の尊敬していたであろう、唐の白楽天にもありますが、内容は全く違います。白楽天の詩は、自適の生活をうたったものです。

一たび謫落《たくらく》せられて　柴荊《さいけい》に在りしより、万死兢兢《きょうきょう》　跼蹐《きょくせき》の情

いったん左遷されて、粗末な家に謹慎してからというもの、万死にあたる罪で、恐れ慎しんでいる次第です。柴荊とは柴の扉、荊《いばら》のかきねという意味で、粗末な家をいいます。太宰権帥となって、太宰府からほど近い所に閉門謹慎していたのです。兢々とは戦々兢々という言葉がありますが、恐れおののいているさまです。跼蹐とは背をかがめ、ぬき足して歩くことで、やはり恐縮のさま。ただもうひたすらに恐縮している様子がまずうたわれています。

都府楼は　纔《わず》かに　瓦の色を看、観音寺は　只　鐘の声を聞くのみ

この二句がすばらしい。都府楼とは太宰府のことを中国式にいったもの。太宰府の役所の高殿《たかどの》は、ここから見るとわずかに瓦の色が見えるばかりだ。また観音寺が近くにあるが、その観音寺は鐘の声が聞こえるばかりだ。私は謹慎しているから都府楼にも観音寺にも行かない。ただ瓦の色を見たり、鐘の声を聞いているだけだ。

この謹慎のさまを描いた一聯は、三字の固有名詞を使ったところといい、鐘の音といい、白楽天の「香炉峰下……」という詩（六〇ページ参照）の、「遺愛寺の鐘は枕を欹《そばだ》てて聴き、香炉峰の雪は簾《すだれ》を撥《かか》げて看る」の一聯を彷彿とさせます。むろん、内容はずいぶん違いますが、句作りがよく似ています。白楽天の作品を

巧みに自分のものとして、脱化しているのです。

中懐《ちゅうかい》は好し逐《お》わん　孤雲の去るを、外物は相逢う　満月の迎うるに

都府楼跡（©JTBフォト）

中懐は「懐中」と同じ、胸の思い。胸の思いは、都の方へ流れてゆくあの雲を逐う。見ると雲が流れていきます。懐かしい都へ流れてゆくのでしょう。好し逐わん、とは、逐うとしよう、ということ。外の物ではなにが自分に逢いに来るかというと、満月が自分を迎えるように出てくるのが見えるばかりだ。窓越しに見る雲、そして月、そういった物が自分をなぐさめてくれる唯一の物だ。狭く限られた空間の中の孤独な状況をよく表しています。

此の地　身に検繋《けんけい》無しと雖《いえど》も、何為《なんす》れぞ寸歩も門を出て行かん

最後の二句がまた道真らしいのです。此の地では自分に束縛があるわけではないのだけれど、どうして一歩も門を出てゆくなどということを、いたしましょうか。自分はひたすら謹慎しているので、別に縄でつながれているわけではないけ

れど、ここから一歩も出ません。そういうことによって、自分の謹慎の気持を表すのです。

全編に流れているのは、天皇の怒りをかったということに対する、道真の申しわけない気持です。左遷されたことを恨むではない、悲しむではない、ただひたすら謹慎していることをうたうのです。詩としてみると、万死兢々跼蹐の情、とか、何為れぞ寸歩も門を出でて行かん、とか、やや度の過ぎた表現のようで、味わいを損ねているかもしれません。しかし、中の二聯がすばらしく、欠点をおおって余ります。

7 征戍

涼州詞

黄河遠上白雲間
一片孤城万仞山
羌笛何須怨楊柳
春光不度玉門関

涼州詞《りょうしゅうし》　王《おう》之渙《しかん》

黄河《こうが》遠《とお》く上《のぼ》る　白雲《はくうん》の間《かん》
一片《いっぺん》の孤城《こじょう》　万仞《ばんじん》の山《やま》
羌笛《きょうてき》　何《なん》ぞ須《もち》いん　楊柳《ようりゅう》を怨《うら》むを
春光《しゅんこう》度《わた》らず　玉門関《ぎょくもんかん》

（七言絶句、韻字は間・山・関）

王之渙（六八八―七四二）、字《あざな》は季陵《きりょう》。山西省新絳《しんこう》の人。在野の生活が長く、役人としては地方官に終りました。詩はわずか六首しか残っていませんが、当時は一流の詩人でした。

涼州は、今の甘粛省《かんしゅくしょう》の武威《ぶい》のあたり、砂漠の地方です。「涼州詞」というのは、唐になってできた楽府題《がふだい》で、別に「出塞」となっているテキストもあります。

黄河遠く上る　白雲の間、一片の孤城　万仞《ばんじん》の山

黄河の上流をさか上ってゆくと、白い雲がたなびいている。その辺りに、一つぽつんと、砦《とりで》が万仞の山にかかっている。仞は長さの単位で一仞は八寸、要するに、非常に高い山の上に砦があるのです。一片孤城、の一片は、「長安一片の月」という有名な李白の「子夜呉歌」（『新漢詩の世界』一一〇ページ）の冒頭の句の用法とはちょっと違います。どちらも、「一つ」の意味は同じですが、「一片月」は光を万遍なく注ぐ一つの月（広がりをいう）、の意。ここの「一片孤城」はあやうげな様子の一つの砦の意です。

黄河をどんどんと上流にさか上ってゆくと、やがて白い雲のたなびく辺り、そそり立つ山の所に、あやうげな砦がある。そこが、最前線でその外はもう、異民族の支配している所。

羌笛《きょうてき》　何ぞ須《もち》いん　楊柳を怨むを

羌は異民族の部族の名で、タングート族といわれています。その羌という部族が吹く笛が羌笛。何ぞ須いん、は反語で、どうして……の必要があろうか、いやない、の意。楊柳は、「折楊柳」という曲の名前です。前にも出てきましたが、中国では旅人を見送るときに、柳の枝を手折るというならわしが、いつのころからかあるのです。それで、春先に柳の芽が芽ぶくころ、旅人に柳の枝を手折って餞《はなむけ》にするという歌が、昔からうたわれています。ですから、「折楊柳」というのは、今風にいうと「別れの曲」になります。

怨む、というのは、哀愁を帯びた調子で吹く、ということです。羌族の笛が、別れの曲である「折楊柳」を悲しげに吹いているが、そんな必要はないよ、ちっとも悲しみなどしないのだから。すなわち、遠い遠い中国の最前線に来ている兵士が、別れの曲を聞けば悲しいはずだが、少しも悲しくないぞよ、ということ。なぜか。

春光度《わた》らず　玉門関

黄河遠く上る（唐詩選画本）

春の光は、玉門関からこっちの方へは渡ってこないのだよ。春になっていないから、柳の枝が芽ぶくということもない。したがって、柳の枝が芽ぶくころに、その枝を手折って、別れに餞《はなむけ》する主題の歌なんか聞いても、ちっともなんでもないよ、ということです。

しかし、それは表面のこと。われわれはその心の底の悲しみを感ずるのです。都は今ごろ春だろう、草木は萌えて人々は浮かれていることだろう。だが、こっちは見捨てられた遠い砂漠の前線だ。なに、悲しくないぞ、と力むほど、その悲しみは強く伝わります。前半の二句は、その悲しみをそそるための道具立てになっています。気も遠くなるような、天の果てのぽつんとした砦であればこそ、後半の涙も枯れた悲しみが、つきあげてくるのです。この兵士はもう泣く涙なんかない。折楊柳の歌を聞いて悲しいと感ずるのは、まだいいほうだ。ここは春の光もやって来ない所なんだぞ、という絶望的な心境です。

以上のように、この詩は一ひねりも二ひねりもしてあります。単純な詩ではありません。表面では、悲しいとか、涙が出るとか少しも言わない、それでいて強く激しいものが中にこめられているのです。「怨楊柳」の「怨」の字が効いていています。唐詩中の最高傑作の一つであると思います。

王之渙は若いころは酒を飲み、でたらめな生活をしたのですが、後、詩文に励み、十年で名声が上がりました。作品ができると楽師たちがすぐに曲をつけた、といわれます。売れっ子だったのです。おもしろい話があります。ある時王之渙が、友人の高適《こうせき》、王昌齢《おうしょうれい》とともに都の料亭で飲んでいたところ、きれいどころがやってきて、隣の部屋で詩をうたっている様子。そこで三人は、おれたちも聞こえた詩人だがお互い優劣がつけられない、ひとつ誰の詩を一番たくさんうたうかを聞いて、多いものが優れている、としよう、とこっちで相談。一人が王昌齢の絶句を二つうたう、また一人が高適の絶句をうたう、やきもきしていると、いちばんきれいな妓女が、王之渙の「黄河遠上」をうたったので、ソーレみろ、と言って大笑いになった。その騒ぎで妓女たちがやってきて、詩人の先生がたでしたか、失礼しました、とあいさつし、一日中、みんなで酔って騒いだ、というのです。太平の日の長安の町の一コマです。

では、もう一つの「涼州詩」を見ましょう。

涼州詞

葡萄美酒夜光杯
欲飲琵琶馬上催
酔臥沙場君莫笑
古来征戦幾人回

涼州詞《りょうしゅうし》　王《おう》翰《かん》

葡萄《ぶどう》の美酒《びしゅ》　夜光《やこう》の杯《はい》
飲《の》まんと欲《ほっ》すれば　琵琶《びわ》　馬上《ばじょう》に催《もよお》す
酔《よ》うて沙場《さじょう》に臥《ふ》すとも　君《きみ》　笑《わら》うこと莫《な》かれ
古来征戦《こらいせいせん》　幾人《いくにん》か回《かえ》る

（七言絶句、韻字は杯・催・回）

王翰（六八七?—七二六?）、字は子羽《しう》。山西省太原《たいげん》の人。七一〇年の進士ですから、盛唐の初めです。役人になったのですが、飲酒と放蕩が過ぎ、中央から河南・湖南へと左遷されて、そこで死にます。その詩は、現在、十四首しか残っていません。

葡萄の美酒　夜光の杯

葡萄酒というのは、今日では普通の飲物ですが、この当時は、西の方から渡ってきたまだ珍しい飲物でした。ですから、第一句に「葡萄の美酒」といったときに、もうすでに、中国ではない、西の方だぞ、という雰囲気がでてきます。その葡萄のうま酒を、夜光る杯で飲むという、これはまた一層異国情緒があふれます。夜光の杯は、ガラスのコップ。と、そういってしまえば味も素っ気もないのですが、当時は、ガラスもなかなか貴重なものでした。ちょっとしゃれていえば、ギヤマンの杯というところ。ギヤマンの杯に葡萄の美酒

古来征戦（唐詩選画本）

を入れて飲む。西方のムード。

飲まんと欲すれば　琵琶　馬上に催《もよお》す

飲もうとすると、琵琶を馬上でかき鳴らす。琵琶は比較的小さいポータブルな楽器です。それをかかえて馬の上でひく。催すは、うながすと読んでもよい。つまり、琵琶を非常に早いテンポでかき鳴らしている感じが、馬上に催す、ということです。ここからがらりとムードが変ります。

第一句の異国情緒から、第二句になりますと、馬の上で琵琶をひいているという、ジャラジャラジャラジャラジャラと、非常に早いテンポでかき鳴らしている感じですから、あわただしい戦場の雰囲気がみなぎってきます。どっかりと、花むしろか何かに腰を下ろして、悠然と酒を飲むような宴会ではない。まわりは殺伐として、馬に乗って琵琶をひいているのもあり、こっちの方では、寝っころがって酒を飲んでいるのもある、という雰囲気が出てくるのです。

酔うて沙場に臥《ふ》すとも　君　笑うこと莫《な》かれ

沙場は、砂漠です。この辺りはもう、砂漠の戦場です。前半で、かなりあわただしい戦場の様子が描かれていますが、第三句へきて、「沙場」の語が出て、具体的になります。同時に冷え冷えとしたムードが忍び寄ってくる。へべれけに酔っぱらって砂の上に寝ころがっても、どうかあなた、笑わないでください。この、君笑うこと莫かれ、は読者に呼びかけるような言い方です。

古来征戦　幾人か回《かえ》る

なぜかというに、昔から戦争に行って、何人帰って来たでしょうか。何人も帰って来ないじゃありませんか。私も明日は死ぬかもしれないのです。今、つかの間の歓楽に酔いしれて、多少の酔態を見せたとしても、どうか笑わないでください、とこういうのです。

この詩は、この「笑」という字がポイントです。笑う場合ではない。それをあえて、君笑うこと莫かれ、と言った、その兵士の胸の内、ここでもやはり涙が乾いている。泣く涙がないのです。つき放されたような絶望感が迫ってきます。

そう思ってみますと、「葡萄の美酒　夜光の杯」というのも、琵琶がかき鳴らされているのも、のん気なものではない。いかにも短い生命を惜しむかのように、つかの間の歓楽に酔いしれている、そういう雰囲気です。最後にドキーッとするような語がつきつけられます。古来征戦幾人か回る。一体戦場へ行って何人帰って来ましたか、と。戦場のやりきれないような雰囲気が、これほどうまく表現されている詩も多くないでしょう。

王之渙の「涼州詞」と優劣のつけがたい名作です。

磧中作

走馬西来欲到天
辞家見月両回円
今夜不知何処宿
平沙万里絶人煙

磧中《せきちゅう》の作《さく》　岑《しん》 参《じん》

馬《うま》を走《はし》らせて西来《せいらい》　天《てん》に到《いた》らんと欲《ほっ》す
家《いえ》を辞《じ》してより　月《つき》の両回《りょうかい》円《まど》かなるを見《み》る
今夜《こんや》　知《し》らず　何《いず》れの処《ところ》にか宿《しゅく》せん
平沙万里《へいさばんり》　人煙《じんえん》絶《た》ゆ

（七言絶句、韻字は天・円・煙）

岑参（七一五―七七〇）は湖北省江陵の人。七四四年の進士で、役人となって西北地方の前線へ二度出かけました。この詩も実際に戦場に行った体験をもとにしたものですから、作品に迫力があります。磧は、小石という意味で、固い小石の砂漠です。砂漠の中での作、ゴビの砂漠辺りの戦場が舞台です。

馬を走らせて西来　天に到らんと欲す

馬を走らせて、どんどんと、西の方、天にもとどこうかという所へやって来る。王之渙の涼州の詞に「黄河遠く上る白雲の間」というのがありましたが、中国の西の方はずっと高くなっており、まるで天にも行きつくばかり。「欲」は……せんばかりの意です。まず第一句を見ると、もう気も遠くなるような絶望的な雰囲気が漂ってきます。

家を辞してより　月の両回　円《まどか》なるを見る

家を離れてから、月が二度円くなったのを見た。二ヶ月たったということになります。言い方がおもしろい。ああ、考えてみると、家を出てから二回満月が来たなあ、と。今夜はちょうど満月なのです。今皓々《こうこう》と月が照っている、それで、そうそうこの満月は二度目の満月だなあ、と気がつくのです。

磧中作（唐詩選画本）

都での生活なら、暦に従って日を送りますが、戦場ではひたすら戦争をしている。あ、気がついたら今夜は二度目の満月だよ、と。ですから、なにげない表現のうちに、戦場の、非日常の雰囲気を表しているのです。

今夜　知らず　何《いず》れの処にか宿せん、平沙万里　人煙絶ゆ

さあ一体、今夜はどこに泊ろうか。見渡す限りの砂漠。人家の煙も全く見えない、と、絶望的な情況を述べます。

ここでは直接表現はしていませんが、満月がこうこうと砂漠を照らしていて、その月の光に砂がどこまでも白く光っている、という情景が目に浮んできます。

己亥歳

沢国江山入戦図
生民何計楽樵蘇
憑君莫話封侯事
一将功成万骨枯

己亥《きがい》の歳《とし》　曹《そう》　松《しょう》

沢国《たくこく》の江山戦図《こうざんせんと》に入《い》る
生民何《せいみんなん》の計《はか》らいあってか　樵蘇《しょうそ》を楽《たの》しまん
君《きみ》に憑《よ》って　話《はな》すこと莫《なか》れ　封侯《ほうこう》の事《こと》
一将功成《いっしょうこうな》って　万骨枯《ばんこつか》る

（七言絶句、韻字は図・蘇・枯）

曹松は唐末の人で、賈島《かとう》の弟子になります。若いころは洪都《こうと》（江西省南昌《なんしょう》）の西山に隠棲しておりましたが、中年からは所々を放浪し、年七十を過ぎて進士の試験に及第しました。その年の試験には曹松を含めて五人の七十過ぎの老人が合格したので「五老榜《ごろうぼう》」と言ったということです。八三〇年位の生まれで、ちょうど唐の滅亡のころまで生きたことになります。

「己亥の歳」という題名は、つちのとい《ヽヽヽヽヽ》の年という意味で、西暦八七九年に当たり、作者がちょうど五十歳ぐらいの時になります。この年、唐滅亡の原因となった黄巣《こうそう》の乱が、いよいよ熾烈《しれつ》をきわめ、ことに湖北・湖南の地がひどく荒らされました。おそらく作者は、放浪中に、洞庭湖《どうていこ》に近い地方に来ていて、その惨状を目のあたりにしたのでしょう。

沢国《たくこく》の江山　戦図《せんと》に入る

沢国は、沢地の多い国。湖北、湖南辺りはまさしく沢国です。沢地の多い地方は、作物もよくとれる肥沃な所。その川も山も戦火に荒されてしまった。戦図に入るとは戦争の区域に入るということ。

生民 何の計らいあってか 樵蘇《しょうそ》を楽しまん

生民は人民。人民は一体どういうような手だてがあって、樵蘇を楽しむことができようか。計は生計をはかる手だてのこと。樵はきこり、蘇は草刈り。ここでは最低限の生活を意味します。きこりや草刈りをしたりすることさえも、もう楽しみようもない、という意味です。

君に憑《よ》って 話すこと莫《なか》れ 封侯の事

君に憑っては、あなたにお願いしますの意。どうか話をしないでください、封侯の事など。封侯は戦争で手柄をたてて大名になること。この句は、若妻が夫に向かっていう言い方になっています。どうかあなた、お願いですから大名になるなどということ、お話にならないでください。戦争になど行かないでください。なぜならば、

一将 功成って 万骨 枯る

一人の将軍の手柄が成るのに、一万人の兵卒の骨が枯れるのです。実はこの句がこの詩の看板で、たいへん有名な句です。一万人の骨が朽ち果てて、一人の将軍の手柄がたつ。言いかえれば、それほどに戦争は苛

酷なものであり、多くの兵士は下積みになって埋もれる。手柄をたてて大名になろうなどと言ったって、そうは問屋がおろさない。朽ち果ててしまうのが関の山。だから、くれぐれも戦争のお話などなさらないように、という意味です。

この詩はなんといっても、「一将功成って万骨枯る」の句の妙味がみどころです。一将——万骨、うまい対比です。今日でも、この句だけ独立して格言のように言われているぐらいです。なお「君に憑って 話すこと莫れ 封侯の事」というのには、例の漢の班超《はんちょう》の故事が思われます。班超は若いころ貧乏で代書をして生計を立てていました。けれども、ある日ため息をついて、男子たるものこんなことをしてたってだめだ、手柄をたてて大名になるんだといって、筆を投げすて、志願して西域に出征し、三十年、ついに定遠侯《ていえん》に封ぜられた人です。後世、「筆を投じて戎軒《じゅうけん》を事とす」（初唐の魏徴《ぎちょう》の詩）とか、「寧《むし》ろ百夫《ひゃっぷ》の長となるも、一書生となるに勝る」（初唐の楊烱《ようけい》の詩）などという句もありますように、この故事はよく引かれます。それをここでは逆手にとっているわけです。どうか班超のような、あんな手柄をたてて大名になろうなどということを考えないでください、と。いかにも唐王朝の末期、亡国の悲哀のムードの中で作られた歌の趣がいたします。

九月十三夜

霜満軍営秋気清
数行過雁月三更

九月十三夜《くがつじゅうさんや》　　上杉《うえすぎ》　謙信《けんしん》

霜《しも》は軍営《ぐんえい》に満《み》ちて　秋気清《しゅうききよ》し
数行《すうこう》の過雁《かがん》　月三更《つきさんこう》

越 山 併 得 能 州 景
遮 莫 家 郷 憶 遠 征

越山《えつざん》併《あわ》せ得《え》たり　能州《のうしゅう》の景《けい》
遮莫《さもあらばあれ》　家郷《かきょう》　遠征《えんせい》を憶《おも》うを
（七言絶句、韻字は清・更・征）

これは上杉謙信（一五三〇―一五七八）が七尾《ななお》城を落した時の作品といわれます。時に天正五年（一五七七）、謙信四十八歳のこと。九月十三夜といっていますから、月は満月に近い。そのこうこうとした月を見ながら、七尾城を落して意気揚々とした心境を、陣中でうたったものといわれます。

霜は軍営に満ちて　秋気清し

霜の気が陣営に満ち満ちて秋の気配は清らかである。陰暦九月はもう晩秋ですから、かなり厳しい寒さが陣中にも忍び寄って来ます。同時にその寒気は戦場の緊張感とも関係があります。軍律の厳しさを、秋霜の如し、と形容します。

数行《すうこう》の過雁《かがん》　月三更

渡り鳥の雁が並んで通り過ぎているのが空に見える。月が皓々と照らし時刻は三更。今でいうと真夜中の十二時ごろ。絵のような情景です。

越山併せ得たり　能州の景

越山とは越中・越後、今の富山・新潟をさします。これは謙信の領土、その越山に今度は能登の景も併せ得た。七尾は能登に属します。もう能登も自分の領土にしてしまったという意味です。

遮莫《さもあらばあれ》　家郷　遠征を憶《おも》うを

遮莫、むずかしい字が使ってありますが、ままよ、それはそれとして、という意味です。ただし、これを、前の句にかけて解釈し、「越山に能州の景を併せ得たが、それはそれとして、郷里では遠征の我々を思っているだろうなあ」とするのは誤りです。故郷に残してきた者どもが、遠く出征している我々のことを憶っているだろうが、そんなことはどうでもよいことじゃ、という意味です。

この詩の全体の調子は、武将である謙信の、武将らしい稚気満々、領土を取って意気揚々とした心境を描いていると同時に、望郷の気分も漂います。どうでもよいことじゃ、とはいうものの、故郷が気にかかっているからこそ、こういう言い方をするのです。今、得意満面であると同時に、もう長いこと戦争に明け暮れていますから、そろそろ故郷も懐かしくなっている、稚気満々、肩肘《かたひじ》張っているようですが、裏側には望郷の念がそこはかとなく漂うわけです。

金州城下作

金州《きんしゅう》　城下《じょうか》の作《さく》

乃木《のぎ》　希典《まれすけ》

山川草木転荒涼
十里風腥新戦場
征馬不前人不語
金州城外立斜陽

山川草木《さんせんそうもく》　転《うた》た荒涼《こうりょう》
十里《じゅうり》　風《かぜ》腥《なまぐさ》し　新戦場《しんせんじょう》
征馬《せいば》前《すす》まず　人《ひと》語《かた》らず
金州《きんしゅう》　城外《じょうがい》　斜陽《しゃよう》に立《た》つ

（七言絶句、韻字は涼・場・陽）

金州城は、今の中国の東北地区、大連の少し北東にあたる所。日露戦争の激戦地です。乃木将軍の長男勝典中尉もここで戦死しました。乃木将軍は明治三十七年六月七日にここへ来て、わが子を含めた戦死者の霊を弔って作ったのです。

山川草木　転《うた》た荒涼

山も川も草も木も、いよいよもの寂しく荒涼として見えている。将軍の日記にある原案には、「山河草木」とあります。これだと杜甫の「春望」の「国破れて山河在り」の句が思い出されます。「山川」ならば唐の李華《りか》の「古戦場を弔う文」の「主客相搏《う》ち、山川震眩《しんげん》す」が思い出されます。

十里　風腥《なまぐさ》し　新戦場

十里四方生臭い風が吹き、この辺りはたくさん戦死者も出た新しい戦場。作者が「山河」を「山川」に改めたのは、李華の文を読者に思い出させ、ここは「古戦場」ではなく「新戦場」なのだ、ということを強く訴えようとしたものと思われます。

前半は、殺伐たる生々しい戦場の様子を大づかみにとらえています。

征馬前《すす》まず　人語らず、　金州城外　斜陽に立つ

馬も進まなければ、人も語らない、皆、押し黙って、この金州城の城外の斜めに光を投げかけながら沈む太陽の前に立ち尽している。「征馬不前」の語は、「古戦場を弔う文」に、「征馬も踟躕《ちちゅう》す（進まない）」とあるのに基づきます。

この詩の中には、悲しいとか、涙が流れるとかいう言葉は一切《いっさい》ありません。しかし、この描かれた情景を頭に浮べる時、いい知れぬ深い悲しみに鎖《とざ》されるのです。馬も進まなければ人も押し黙っているという表現の中に、もう言わなくてもわかるその悲しみ、たくさんの兵士を失い、また、長男を失っている、その無限の悲しみに、じっと耐えている感じが、この第三句によく出ています。そして最後に、黒々と影を斜めに落して、夕陽をあびて立っている姿を描くことによって、その印象は深まり、余韻は嫋々《じょうじょう》と漂うのです。この詩は後半がとくにすばらしい。乃木将軍は軍人の中では抜群に詩才のある人です。この詩は、日本の「辺塞詩」の最高傑作といえましょう。

凱旋有感

凱旋感有《がいせんかんあ》り　　乃木《のぎ》　希典《まれすけ》

王師百万征強虜
野戦攻城屍作山
愧我何顔看父老
凱歌今日幾人還

王師《おうし》百万《ひゃくまん》強虜《きょうりょ》を征《せい》す
野戦攻城《やせんこうじょう》 屍《しかばね》 山《やま》を作《な》す
愧《は》づ 我《われ》何《なん》の顔《かんばせ》あってか父老《ふろう》に看《まみ》えん
凱歌《がいか》今日《こんにち》幾人《いくにん》か還《かえ》る
(七言絶句、韻字は山・還)

乃木将軍の詩の中で最も傑作といわれているものは「金州城下の作」ですが、それにつぐものがこの作品です。

日露戦争の時、たくさんの部下を戦死させた、という自責の念にかられて、凱旋はしたけれどもすなおに凱旋を喜べない気持をうたった作品です。題名はついていないものもありますが、「凱旋」となっているものもあります。もともと将軍の詩は日記の端に書きとめてあったものが多いので、この詩も題のないのが元の姿であり、これは後の人がつけたものと思います。

王師百万 強虜を征す

王師は官軍。日本流に言えば皇軍のことです。百万の皇軍が、てごわいえびすをやっつけた。強虜の虜は、中国で昔、漢民族以外の異民族に胡虜という言い方をしましたが、つまりは〝えびすのやつばら〟という悪口です。ここではむろんロシアを指しています。

野戦攻城　屍《しかばね》　山を作《な》す

野原で戦い、敵のとりでを攻め、その結果、わがほうの兵卒の戦死のむくろも山のように築かれた。敵もたくさん死んだけれども、わがほうの損害も甚大であった。百万の王師が強虜に当たることによって、屍が山をなす結果になるのです。

愧《は》づ　我　何の顔《かんばせ》あってか父老に看《まみ》えん

一体私はどういう顔をして、戦死した兵隊の親たちに顔を会わせようか、愧づかしい。今凱旋だ凱旋だなどと言っているけれども、先ほどの詩にもありましたように、一将功成って万骨枯れているのです。将軍の手柄のかげにはたくさんの兵卒が死んで、屍が山を築いている。その兵卒たちには当然親がいる。その親たちにどの面《つら》下げて会えるのか、愧づかしい。これには典故があります。項羽が漢の軍に追いつめられた時、長江の渡し場で、渡し場の頭《かしら》から、「早く渡って楚の国に戻り、また捲き返しなさい」と勧められたのに対し、「江東（長江の東）の子弟を八千人もひきつれて、今一人も帰って来ない、なんの顔あってか父兄にまみえようか」と言った故事（『史記』項羽本紀）をふまえているのです。

凱歌　今日　幾人か還る

これも今の故事をふまえていることがわかります。この凱旋の歌のかげに、今日何人帰って来たか、何人も帰って来ないではないか。幾人か還るということばには、また連想するのがあります。唐の王翰《おうかん》の「涼州詞」（二六一ページ）に、「酔うて沙場に臥すとも　君　笑うこと莫《なか》れ、古来征戦　幾人か回《かえ》る」という句がありました。昔から戦争に行って何人帰って来ましたか、と。

　この詩は、本当に腹の底からでた、いつわりのないことばであるだけに人をうつものがあり、詩を優れたものにしています。将軍は漢詩の専門家ではありませんが、自分の体験の中から、たくまずして、「金州城下の作」といい、この「凱旋感有り」といい、専門家も顔負けの優れた詩を作りだすことができました。ただこの詩は一か所、第三句の「看父老」が、いささか苦しい。平仄の約束の上からこうしたものと思いますが、ここは意味の上からは「見父老」（父老に見《まみ》ゆ）となるべきところ、これだと平仄は仄三連（仄字が三つ連なる）になるけれど、転句の仄三連は許容されるので、「見」を「看」に変える必要はなかったのです。

8 歴史

越中覧古

越王句践破呉帰
義士還家尽錦衣
宮女如花満春殿
只今惟有鷓鴣飛

越中覧古《えっちゅうらんこ》　李《り》　白《はく》

越王句践《えつおうこうせん》　呉《ご》を破《やぶ》りて帰《かえ》る
義士《ぎし》家《いえ》に還《かえ》りて　尽《ことごと》く錦衣《きんい》す
宮女《きゅうじょ》花《はな》の如《ごと》く　春殿《しゅんでん》に満《み》つ
只今《ただいま》　惟《た》だ鷓鴣《しゃこ》の飛《と》ぶ有《あ》るのみ

（七言絶句、韻字は帰・衣・飛）

越の国に来て古《いにしえ》を偲ぶという詩です。覧古というのは懐古と同じで、「越中懐古」となっているテキストもあります。この詩の背景になっているのは、有名な春秋の末の呉と越の争いです。「呉越同舟」などという語もあるように、この両国は隣同士仲が悪く、長年にわたって争いました。始め呉王の夫差《ふさ》が父の仇を討とうと、薪の上に毎日寝て、恨みを忘れないようにし、ついに越王を会稽《かいけい》山に追いつめます。越王句践《こうせん》はもろ肌ぬぎになって笞《むち》を背負い、赦《ゆる》しを乞うという屈辱的な講和を結びました。幸いに一命は赦されて、それからは獣《けもの》の胆《きも》を嘗《な》め、苦《にが》い屈辱を忘れぬようにし、范蠡《はんれい》などの忠臣と力を合せて軍備をととのえ、今度は呉を打ち負かしました。呉王夫差は自殺し、呉の国はここに亡びたのです。有名な「臥薪嘗胆《がしんしょうたん》」の故事です。

越王句践《こうせん》 呉を破りて帰る、 義士家に還りて 尽《ことごと》く錦衣す

越王の句践は、呉の国を破って帰って来た。その戦争に従軍した忠義の家来どもは、皆家に帰って、錦の着物を着る。ということは、今も、故郷に錦を飾る、というように、恩賞をもらい出世をすることです。兵隊も皆意気揚々と家に帰ります。

宮女花の如く 春殿に満つ

また宮殿の中では、たくさんの宮女が花のように、春の御殿に満ちあふれて、凱旋の宴会はまことに華やかなものであった。

只今 惟《た》だ鷓鴣《しゃこ》の飛ぶ有るのみ

ところが一転して、今はその呉越の争いの話も遠い昔のことになり、越王句践が宮女を花の如くまわりにおいて、勝利のうま酒に酔いしれた宮殿は跡形もなく、夕暮に鷓鴣が悲しく鳴いて飛ぶばかり、という意味

越中覧古（唐詩選画本）

です。鷓鴣は、越雉《えっち》ともいい、南方の鳥。うずらに似て少し大きく、夕暮に鳴き、その鳴き声は悲しい音色なので、よく詩にうたわれます。

　この詩のみどころは、初めから三句ぶっ通しで、昔の越王勾践の意気揚々と国に帰ってきた様子を描き、最後の句で一転して現実に戻るというところです。最初の三句は、それこそ絵にかいたような凱旋の様子です。兵士も良い着物を着て浮かれているし、王様はうま酒に酔いしれている、ことに第三句は、宮女が花のように春の御殿にいっぱいだと、パーッとひときわ華やかに描きます。

　ここには例の越の美女の西施《せいし》への連想もあります。絶世の美女西施は、その美貌ゆえに越王句践に見出され、呉に送られて、呉王夫差の魂をとろかします。つまり、国を滅ぼした美女です。春の御殿に花のような宮女、という表現によって、西施の影が漂い、少しオーバーなくらいに華やかな雰囲気をもり上げておいて、最後にストンと現実に落しているのです。この詩と裏表になっている詩に「蘇台覧古」という詩があります。合せて読むとよいでしょう。

蘇台覧古《そだいらんこ》

旧苑荒台《きゅうえんこうだい》　楊柳新《ようりゅうあら》たなり

蘇台覧古

旧苑荒台楊柳新

菱歌清唱《りょうかせいしょう》　春《はる》に勝《た》えず
只今《ただいま》　惟《た》だ　西江《せいこう》の月《つき》のみあり
曽《か》つて照《て》らす　呉王宮裏《ごおうきゅうり》の人《ひと》

菱歌清唱不勝春
只今惟有西江月
曽照呉王宮裏人
（七言絶句、韻字は新・春・人）

これは、呉王の宮殿あとを詠じたものです。荒れ果てた宮殿あとに柳が芽ぶき、どこからともなく、娘たちの菱《ひし》をとる歌が聞こえてくる。娘たちが小舟を水に浮べて菱をつむのはこの地方の風物詩なのです。前半はやるせないムード。後半の二句は、実は、衛万《えいばん》という初唐の詩人の句をそのまま借用したもの。川の西に昇る月は、昔、呉王の宮殿の人、西施を照らしたのであろうに、という詩です。

「越中覧古」と反対に、はじめの三句は現実の情景を描き、最後の句でパーッと昔へ返ります。こう見ると、二つの詩は、作者李白が組み作品として意識して作ったものと思われます。

余談になりますが、先年、中国出土文物展が開かれた時、中に越王句践の剣がありました。さび一つなくあやしげな光をたたえたその剣を見て、思わず感慨にふけったことでした。なお、句践から李白までが千二百年、李白から今日までが、ちょうど千二百年になります。

泊秦淮
秦淮《しんわい》に泊《はく》す　杜《と》牧《ぼく》

煙籠寒水月籠沙
煙《けむり》は寒水《かんすい》を籠《こ》め　月《つき》は沙《すな》を籠《こ》む

夜泊秦淮近酒家
商女不知亡国恨
隔江猶唱後庭花

夜《よる》　秦淮《しんわい》に泊《はく》して　酒家《しゅか》に近《ちか》し
商女《しょうじょ》は知《し》らず　亡国《ぼうこく》の恨《うら》み
江《こう》を隔《へだ》てて猶《な》お唱《とな》う　後庭花《こうていか》
（七言絶句、韻字は沙・家・花）

秦淮は、今の南京、唐代の金陵《きんりょう》の南側を長江へ流れてゆくお堀です。なぜ秦淮というかというと、昔、秦の始皇帝が通したといわれるからです。これについておもしろい話があります。

秦の始皇帝は天下統一後、自らを始皇帝と称し、二世、三世と伝えて万世に至らんと願うあまり、この中国のどこかに自分に対抗するものが出てきはしないか、といつも心配して、望気術というのを使って気を望ませたのです。すると、東南のこの金陵から王者の気が立ち上り、五百年後に王が生まれるという卦《け》が出ました。怒った始皇帝は、そこで、その気を断ち切るために堀をうがち（これが秦淮です）、金陵という名前がけしからんというので、金を秣（まぐさ）と変えて秣陵《まつりょう》としたといいます。しかし、秦は始皇帝の願いも空しく、わずか十五年で滅びてしまいました。それから五百三十年後、本当にここが都となり、東晋王朝が建てられました。望気の卦は当ったのです。これより先、呉の孫権が、ここに都を置き、我こそは王者なり、と称しましたが、呉はまもなく晋に滅ぼされました。孫権の時には、まだ四百四十年しか経っていなかったのです。余談が長くなりました。

この詩は、晩秋の一夜、杜牧が秦淮に舟泊りをした折の作です。

煙は寒水を籠《こ》め　月は沙《すな》を籠む

煙はもやのこと。もやが寒々とした秦淮の水の上にすっぽりとおおうように立ち籠め、月の光が砂浜をすっぽりとおおうように白々と注いでいる。この句のみどころはまず籠めるという字にあります。この字は前にもでてきましたが、名詞ならかごという意味で、それを動詞に使うと、かごでふたをするようにおおうという意味になります。なお、この字を日本人は誤解して、「こもる」というふうに使う場合があります。たとえば、城にたてこもることを「籠城《ろうじょう》」といいますが、漢語としてはおかしなことばなのです。

ここではこの「籠」という字によって、この辺り、月の光のスポットライトがあてられている感じ、しかも、もやがすっぽりとおおっていますから、暈《ぼか》しのスポットライトといったところ、それが後半の懐古のムードにぴったりです。言いかえれば、懐古の情趣の舞台装置を第一句でしているのです。

夜　秦淮に泊して　酒家に近し

この句も舞台装置の続き。自分は夜、この秦淮に舟泊りをすると、近くに酒家がある。酒家というのは今ふうに言うと料亭です。今、自分が乗っている舟の向こう側、川に沿って料亭が並んでいる。ちょうど京都の鴨川べりの辺りを想像するとよいでしょう。古い都のことですから、こういうような料亭の並んでいる街があるのです。その料亭では今夜も燈火をつけてさんざめきをしている。といってもドンチャン騒ぎではない。三味《しゃみ》の音もしっとりと流れてくる、といった感じ。古い都の秋の夜の雰囲気です。

商女は知らず　亡国の恨み

その料亭では歌姫が歌をうたっている、亡国の恨みも知らぬげに。商女というのは商売女というような下品なことばではなくて、今ふうに言うと芸妓、歌姫です。

江を隔てて猶お唱《とな》う　後庭花

亡国の恨みとは何か。彼女がうたっているのは「後庭花」という曲なのですが、その歌こそは、かつて、六朝《りくちょう》の最後の皇帝、陳《ちん》の後主《こうしゅ》の作った歌です。陳の後主は陳の五代目の皇帝になりますが、よくあるように、先祖の苦労は忘れて、政治はうっちゃらかし、歌よ踊りよと遊び暮しました。隋《ずい》の軍勢が怒濤のように長江を渡って押し寄せて来ても、なすすべを知らず、やけになって女官たちと宴遊を続ける始末。とうとう隋兵が宮殿に乗り込んでくると、おろおろと空井戸《からいど》の中に寵愛していた張麗華《ちょうれいか》と隠れます。それを見つけられ、引きずり出されて、隋の都の長安に引いてゆかれ、隋の軍隊の凱旋の宴会に、なんとお酌をして回らされるという屈辱にあったのです。まあ失格皇帝ですが、その後主の華やかなころに、自分で作詩作曲したのが「玉樹後庭花《ぎょくじゅこうていか》」という歌なのです。だからその歌は、陳の滅亡を象徴するわけで、聞く者に亡国の悲哀を感ぜしめるのです。今、向こう岸の料亭から、さんざめきの声、聞くともなしに聞いていると、あの「玉樹後庭花」ではないか、歌姫たちはその歌にこもる亡国の恨みも知らぬげに、声張りあげてうたっている。ちょうどこの金陵は陳の都、あれから二百五十年、ゆくりなくも一夜に懐古の感慨にふけったことだった。

一読して、やるせない感傷の思いが胸に迫ってきます。「かにかくに祇園は恋し……」という吉井勇の歌がありますが、水の流れとしっとりとした情趣、何か似かようものを感じます。

金陵図

江雨霏霏江草斉
六朝如夢鳥空啼
無情最是台城柳
依旧煙籠十里堤

金陵《きんりょう》の図《ず》　韋《い》荘《そう》

江《こう》雨《う》霏《ひ》霏《ひ》として　江草《こうそう》斉《ひと》し
六朝《りくちょう》夢《ゆめ》の如《ごと》く　鳥《とり》空《むな》しく啼《な》く
無情《むじょう》は最《もっと》も是《こ》れ　台城《だいじょう》の柳《やなぎ》
旧《きゅう》に依《よ》りて煙《けむり》は籠《こ》む　十里堤《じゅうりてい》

（七言絶句、韻字は斉・啼・堤）

韋荘（八三六―九一〇）、字《あざな》は端己《たんき》、陝西《せんせい》省西安付近の人。八九四年の進士で、十国の一つ前蜀の宰相になりました。詩のほかに詞（詩余）にも優れた人です。

金陵は今の南京です。六朝時代には建康といい、都が置かれていました。唐の末、この韋荘の時代までには、それから三百年ほどたっていて、もう昔の繁華は偲ぶよすがもないという、栄枯盛衰を詠じた詩です。図といいますから、そのような絵があってそれに書いたものでしょう。

江雨霏霏《ひひ》として　江草斉《ひと》し

金陵の西には長江が流れています。その川面に、雨脚を連ねて降る雨、霏々として降っている。霏々というのはざあざあ降りではなく、細い雨がしとしと降ることをいいます。川岸には草が斉々《せいせい》と萌え出ている。この斉し、ということにより春の早い時分だということがわかります。同時に、草が斉々とおい茂っているというのは、中国の詩の場合には、往々にして悲哀のイメージです。草がおい茂っていることはまわりになにもないこと。杜甫の有名な「春望」に「城春にして草木深し」という句がありましたが（一四二ページ）、それと同じ趣向と考えてよい。

六朝夢の如く　鳥空しく啼《な》く

ここに都の置かれた六朝時代、呉・東晋・宋・斉・梁・陳の四百年の栄華は、夢の如く遠い昔のことになってしまった。今は鳥が空しく鳴くばかり。春に鳥が啼いている、聞く人の心によって、それがうれしくも聞こえ、悲しくも聞こえるのでしょう。懐古の詩にはよく出てくる情景です。「春山一路　鳥　空しく啼く」（李華）とか、「日暮東風　啼鳥を怨む」（杜牧）とかの句もあります。今はさびれた建康のあと、辺りは草の茂るにまかせ、鳥が空しく鳴いている……、もうこの前半ですでに胸いっぱいの情が漂ってきます。それをさらに、だめ押しするように、

無情は最も是れ　台城の柳

最も無情なものは、六朝時代に宮殿のあった台城の柳なのだ。台城は、宮城のこと、周囲には柳が植えられています。その柳が最も無情に感じられる。

旧に依りて煙は籠む　十里堤

その柳が昔のままに、十里の堤をおおって、ボーッとかすんでいる。旧に依りて、とは昔のままに、の意。煙は、柳が芽ぶいて、遠くから見ると青いもやのように見えるのをいったものです。時は移って三百年、六朝時代の栄華は偲ぶよすがもない。かつての若々しい堤の柳も今は老樹になっているのでしょうが、春がくれば変らずに芽を吹き、緑のもやを作ります。春雨にけぶるその柳の色を見ているうちに、貴族文化の華やかな六朝時代がまぼろしとなって浮んでくる、バックには鳥の声。そのような趣の詩です。

無情は最も是れ、という言いまわしが、とてもしゃれていて深い悲しみをさそいます。春雨、鳥の声、柳、と題材は必ずしも新しくありませんが、それらがよくとけ合って、何ともいえない、懐古のムードをかきたてます。映画のシーンで思い出の場に、画面をぼかすやり方がありますが、それに似かようものが感じられます。いにしえを偲ぶ作品として非常に優れています。

烏衣巷

朱 雀 橋 辺 野 草 花

烏 衣 巷 口 夕 陽 斜

烏衣巷《ういこう》　劉《りゅう》　禹錫《うしゃく》

朱雀橋辺《しゅじゃくきょうへん》　野草《やそう》の花《はな》

烏衣巷口《ういこうこう》　夕陽《せきよう》斜《なな》めなり

旧時王謝堂前燕
飛入尋常百姓家

旧時《きゅうじ》 王謝《おうしゃ》 堂前《どうぜん》の燕《つばめ》
飛《と》んで尋常《じんじょう》百姓《ひゃくせい》の家《いえ》に入《い》る
（七言絶句、韻字は花・斜・家）

劉禹錫（七七二―八四二）、字《あざな》は夢得《ぼうとく》。七九三年、柳宗元とともに進士に合格して役人となりましたが、たびたび失脚して地方に流されたりします。晩年は白居易とも交際が深く、その唱和の詩も多くあります。烏衣巷は金陵にある町の名。六朝時代にはこの辺りに大貴族の邸宅が軒を並べていました。それが唐の時代になってさびれているのです。この詩は、作者が五十三歳の時から二年間、安徽省の和県《か》に左遷されている間に作った、一連の詩の中の一首で、懐古の詩です。

朱雀橋辺　野草の花

朱雀橋は金陵の都の真ん中の大通の先にあった橋。金陵の町は、ほぼ東西南北の長方形になっていて、北から南に真ん中に通っている路が朱雀大路。その朱雀大路の一番端にあるのが朱雀橋で、秦准《しんわい》という堀割の上にかかっています。

昔は朱雀橋の辺りには、たくさんの人々が往来してにぎやかだった。今はすっかりさびれていて、野の草の花がおい茂っているばかりだ。野草の花、名も知らぬ野の草花が風にそよいでいる姿。この「野《や》」という字が非常に効いています。昔はこの辺りは野どころではない、雅《みやび》た所でした。貴族たちが袖をひるがえして練り歩いた橋の辺りに、今はペンペン草がはえているのです。野《や》とは雅《が》の反意語ですから、この字が実に印象的です。

烏衣巷口　夕陽斜《ななめ》なり

その朱雀橋にほど近い烏衣巷には、夕陽が斜めに射し込んでいる。第一句と第二句は対句になっています。一流貴族がここに住んでいて、その若者たちが優雅な遊びをしたのを「烏衣の遊」といって、当時もてはやしたものだが、その貴族ももちろんいないし、その邸宅も跡形もない。今は寂しく夕陽が斜めにさしているのです。

旧時　王謝　堂前の燕

旧時　王謝　堂前の燕、飛んで尋常百姓《ひゃくせい》の家に入る

昔、王とか謝とかいう大貴族の邸宅の前に巣を作っていた燕ども、今は飛んでごく普通の人の家に入ってゆく。「百姓」は庶民という意味。尋常というのは、あたりまえの、並みのという意味です。貴族でも何でもない、あたりまえの庶民の家へ燕が入ってゆくのであった。

この詩もなにげない情景の中に栄枯盛衰の悲しみをとらえている、非常にセンスのよい詩です。しゃれた言い方をすれば、燕の姿に栄枯の理を見たといってもよいでしょう。凡人ならば燕を見ても何も感じないでしょう。燕などどこでも飛んでいますから。それを、詩人は鋭くとらえて、そこに歴史を見るのです。それにしても朱雀橋といい、烏衣巷といい、六朝時代の栄華を偲ばせるような固有名詞をうまく用いたものです。朱は赤、烏は黒を表します。それと野草、夕陽という相対するものとの配合の妙。蕭条たるムードをかきたてます。

題不識庵撃機山図　　不識庵《ふしきあん》　機山《きざん》を撃《う》つの図《ず》に題《だい》す　　頼《らい》　山陽《さんよう》

鞭声粛粛夜過河　　鞭声《べんせい》粛粛《しゅくしゅく》　夜《よる》　河《かわ》を過《わた》る
暁見千兵擁大牙　　暁《あかつき》に見《み》る　千兵《せんぺい》の大牙《たいが》を擁《よう》するを
遺恨十年磨一剣　　遺恨《いこん》なり十年《じゅうねん》　一剣《いっけん》を磨《みが》く
流星光底逸長蛇　　流星光底《りゅうせいこうてい》　長蛇《ちょうだ》を逸《いっ》す

（七言絶句、韻字は河・牙・蛇）

これは有名な川中島の合戦をうたった詩です。上杉謙信が乗り込んで来て、もう少しで武田信玄を斬ろうというところまでいったという、歴史上有名な劇的シーンをうたったものです。

鞭声《べんせい》粛《しゅく》粛《しゅく》夜 河を過《わた》る、暁に見る 千兵の大牙《たいが》を擁するを

鞭声とは鞭《むち》の音。鞭の音も忍びやかに夜のうちに川を渡って、攻め込んできた謙信の軍勢。朝になってみると、暁のもやの中にいつの間にか大将の旗を立てて多くの軍勢が見える。大牙は大将の旗、謙信がたの旗差物が、朝もやの中に林立しているということです。暁に見る、とは、謙信の軍勢が信玄の軍を見た、ということではありません。千兵の大牙を擁しているのが、信玄勢のことをいうのではおかしい。そうではなくて、夜のうちに忍びやかにやって来ていて、朝になってみると、これはいかに謙信の軍勢がたくさんいるのが見えるという、第三者の目から見た情景です。「過」は昔から「わたる」と訓じています。「渡」の字が平仄の関係で使えないので「過」の字を用いたものです。

遺恨《いこん》なり十年 一剣を磨く、 流星光底 長蛇を逸《いっ》す

さて、謙信は十年間も、一剣を磨いて、武田信玄を討つために準備してきたが、結局、流星光底に長蛇を逸してしまったのは、まことに残念である。流星光底、とは流れ星の光のキラッとひらめく間にの意。底はその間に。つまり流れ星の光がひらめく間、一瞬のことに、長蛇を逸してしまった。長蛇とはいうまでもなく武田信玄のこと。大きな獲物を逃がしてしまったという意味です。

前半では夜討ちの情景。後半では武田信玄を討ちそこねたことをうたっています。この詩はたいへんよく知られ、詩吟や剣舞にもてはやされますが、詠史詩（歴史上の事柄を詠ずる詩）としては、ねらいがまっと

うすぎて、おもしろみは少ない。頼山陽の傑作とは言えず、気迫の詩、というところでしょう。

題常盤抱孤図

雪灑笠檐風捲袂
呱呱索乳若為情
他年鉄枴峰頭嶮
叱咤三軍是此声

常盤《ときわ》 孤《こ》を抱《いだ》くの図《ず》に題《だい》す　梁川《やながわ》 星巌《せいがん》

雪《ゆき》は笠檐《りゅうえん》に灑《そそ》いで 風《かぜ》 袂《たもと》を捲《ま》く
呱呱《ここ》 乳《ち》を索《もと》む 若為《いかん》の情《じょう》ぞ
他年《たねん》 鉄枴峰頭《てっかいほうとう》の嶮《けん》
三軍《さんぐん》を叱咤《しった》するは 是《こ》れ此《こ》の声《こえ》

（七言絶句、韻字は情・声）

梁川星巌（一七八九―一八五八）、名は卯、後に孟緯《もうい》、星巌は号。詩禅とも号しました。岐阜の豪農の家に生れ、一八〇六年、江戸に出て山本北山《ほくざん》の門に入り、その十哲の一人に数えられるほどになりました。その後、葛西因是《いんし》の詩説に共鳴し、宋風から唐風に変わりました。頼山陽・菅茶山《かんちゃざん》・広瀬淡窓・釈月性などと交わり、一八三四年、江戸に玉池吟社を開き、佐久間象山《しょうざん》と接したころから憂国の事に走ったといわれます。晩年はもっぱらこの事に従っています。その妻の紅蘭《こうらん》も女流詩人として有名です。

常盤は源義経の母で、義朝の側室になる女性。彼女が今若・乙若・牛若といういたいけな三人の子供を連れて、山越えをする図に書きつけた詩です。その絵をかいたのは平田玉蘊《ぎょくほう》という女流画家だといいます。

雪は笠檐《りゅうえん》に灑《そそ》いで　風　袂《たもと》を捲《ま》く

笠檐というのは笠のふち、笠のふちに雪が降り注いで、風が袂を捲き上げてピューピュー吹いている、その冬のさ中に、常盤は三人の幼い子をひいて大和《やまと》へと山道を逃げてゆく。

呱呱《ここ》　乳を索《もと》む　若為《いかん》の情ぞ

その中で最も小さな牛若丸はまだ赤ん坊で、母親の常盤の懐の中で乳を求めて泣いている。どんな気持だったのだろうか。むろん、赤ん坊なので何の感情もないのですが、それをわざと若為《いかん》の情ぞ、と言ったのは、その絵の中に口を開けて乳を求めているような赤ん坊の絵がかいてあるのだと思います。母の危難、それは自分の危難でもありますが、それも知らぬげに、無心に泣いている。一体どういう気持で泣いているんだろうなという疑問を発して、そこに注目した、ここがおもしろいのです。これを常盤の心はいかに、ととるのは理におちてよくありません。絵の中には、常盤が深々と笠をかぶり、その笠にも真っ白に雪が積っている。袂をひるがえして風が吹いている中を、上の子を先にやり、中の子の手を引き、末の男の子を抱いて常盤が逃げてゆく情景が描かれていると思います。この図の中で作者はどこに着目したかというと、ほかでもないこの無心に声をあげて泣いている赤ん坊の口なのです。これが詩人のセンスです。

他年　鉄枴峰頭《てっかいほうとう》の嶮《けん》、三軍を叱咤《しった》するは　是れ此の声他年とは後年。嶮とは山の高くけわしいさま。その赤ん坊こそは、後年の義経ですから、鉄枴峰、鵯越《ひよどりごえ》のあるあの鉄枴峰のいただきで三軍を叱咤して、落ち行く平家を追討したわけで、その叱咤する声こそまさしくこの赤ん坊の声なのだ、というのです。

作者は絵の中に聞こえない声を聞いて歴史を詠じたのです。実にみごとな着想です。同じ、歴史の出来事を描いた絵に書きつけた詩ですが、この詩のほうが「不識庵……」よりもずっとおもしろい詩だと思います。

芳　野

古陵松柏吼天飈
山寺尋春春寂寥
眉雪老僧時輟帚
落花深処説南朝

芳野《よしの》　藤井《ふじい》　竹外《ちくがい》

古陵《こりょう》の松柏《しょうはく》　天飈《てんぴょう》に吼《ほ》ゆ
山寺《さんじ》　春《はる》を尋《たず》ぬれば　春寂寥《はるせきりょう》
眉雪《びせつ》の老僧《ろうそう》　時《とき》に帚《は》くを輟《や》めて
落花《らくか》深《ふか》き処《ところ》　南朝《なんちょう》を説《と》く

（七言絶句、韻字は飈・寥・朝）

芳野懐古の作品はたくさんありますが、これは最も優れたものです。なお、芳野は吉野のことですが、桜の名所として名高いので、江戸のころから「芳野」と書き表すようになりました。

芳野の詩では、美しい風景と南朝の悲哀とが二本の柱になりますが、それをどううたうかが詩人のセンスになります。藤井竹外は前にも出たように幕末の詩人。七言絶句をよくしました。

古陵の松柏　天飈《てんぴょう》に吼《ほ》ゆ

古い御陵《みささぎ》の辺りにおい茂る松、檜《ひのき》。柏はかしわではありません。ひのきです。松も檜もお墓によく植えられる常緑樹です。後醍醐《ごだいご》天皇の古い御陵をまもる松や檜に、風が当たってゴウゴウと鳴っている。天飈という語はあまり見かけませんが、天にとどろくつむじ風という意味です。別な言葉でいえば、松籟《しょうらい》です。まず第一句、骨太なうたい出し。

山寺　春を尋ぬれば　春寂蓼

山寺に春を尋ねてみると、春はまことにもの寂しい。吉野といえば桜の名所。春爛漫の桜のころに、山の奥深い寺を尋ねてみると、これは別の天地のようにもの寂しい春のようすなのです。見捨てられたような山寺の春。この寺は、今もある如意輪寺《にょいりんじ》のこと。

眉雪《びせつ》の老僧　時に帚《は》くを輟《や》めて

眉までも真っ白な年老いた僧侶が、時に掃くことをやめて（帚《ほうき》を輟《とど》めて、とよむのもある）、といいますと、その老僧は今しきりに掃いている、何を掃くかといいますと落花です。前半まで大風が吹いている、山の寺に来た、とうたうことによって、落花を掃き寄せる僧が出て来るのです。落花とはむろん桜の花。その桜の花吹雪という華やかなものをバックに、シーンとした山寺、そして眉までも真ッ白になった年とった和尚さん、動と静との対照です。

　落花深き処　南朝を説く

その老僧が、静かに花びらを掃き寄せている。深き処、といったのは、風でたくさん花びらが散っているのです。その落花を掃き寄せた辺りで、過ぎし南朝の物語を訪れる人に説いてくれる、ということです。この詩のみどころの一つは、今、春もたけなわ、その中に置き忘れられたような山寺の眉までも白い僧という、舞台装置の巧みさです。

この詩を鑑賞するのに必ず見なければならない詩があります。それは唐の元稹《げんじん》（元微《げんび》之《し》）の「行宮《あんぐう》」という詩です。

　行宮《あんぐう》
寥 落《りょうらく》たり古《いにしえ》の行宮《あんぐう》
宮花《きゅうか》寂莫《せきばく》として紅《くれない》なり
白頭《はくとう》の宮女《きゅうじょ》在《あ》り
閑坐《かんざ》して　玄宗《げんそう》を説《と》く

　行 宮　　　　元《げん》 稹《じん》
寥 落 古 行 宮
宮 花 寂 莫 紅
白 頭 宮 女 在
閑 坐 説 玄 宗

（五言絶句、韻字は宮・紅・宗）

この詩は、安禄山の乱後の五十年、玄宗皇帝の朝廷に仕えた宮女が今は年をとって昔の行宮を守っている、その年とった宮女が静かに坐って、玄宗皇帝の時のことを語るという趣向になっています。この詩をふまえて竹外の詩を見ると、そこにどんな工夫が凝らされているのか。まず元稹の場合には出てくる人物は白頭の宮女ですから、おばあさんです。おばあさんがちょこんと坐って玄宗のことを語ってくれるわけです。玄宗にお仕えしたころには鶯《うぐいす》も鳴かせたであろう美人の、今はおばあさんになった姿、それがちょこなんと坐って、もの寂しく話をしているという情景、それを竹外の場合には、おじいさんの僧をもってきた。そこに一つの工夫があります。

それはただおばあさんがおじいさんになったという単純なことではないのです。芳野の山奥の眉雪の老僧、という時に、読者の眼前には、いかにもわけありげな老僧が浮んできます。手もがっしりと太く、武骨な感じ、今は年老いて枯れているが、稜々《りょうりょう》としたものを秘めたような和尚さんを想像します。そのような老僧が南朝を語ることが、ふさわしいのです。元稹の場合は、ちんまりとしたおばあさんが、しみじみと玄宗を語ることがふさわしかった。玄宗の朝といえば楊貴妃が花のように時めいて、華やかな時代です。この宮女の若いころのこと。それが今は玄宗も楊貴妃も死んで、彼女も年老いている。その、華やかさのあとのうら寂しさが白頭の宮女にピッタリなのです。そして、さびしげに咲く赤い花も象徴的です。

竹外の場合、武骨な老僧が南朝を説くのがふさわしいのはなぜかというと、後醍醐天皇の物語というのは、まことに武家時代の、悲憤の涙の物語です。玄宗・楊貴妃のようななまめかしいものとは全く違います。そういう無念の涙の武張った話をするのにおばあさんが出てきたら、これはぶち壊しです。ですから、単におばあさんがおじいさんになったということだけではなくて、全く印象が違ってくるのです。こう見てくると元稹の「行宮」をふまえながら、新しい詩の世界を作り出していることがわかるでしょう。藤井竹外の最高傑作の一つでしょう。

細かい難点といえば、天飈という語はつむじ風という意味ですから、この場合あまり適切ではない、ということ。もう一つは、元稹の「行宮」の場合には、実際に玄宗皇帝の時にお仕えした宮女であるから、話にも迫力があるでしょうが、この詩の場合には五百年もたっていますから、老僧といえども又聞きの話で迫力が劣るというのです。たしかにそのとおりではありますが、それを問題にしない着想の妙が、この詩にはあると思います。

芳野

山禽叫断夜寥寥
無限春風恨未消
露臥延元陵下月
満身花影夢南朝

芳野《よしの》　　河野《こうの》鉄兜《てっとう》

山禽叫断《さんきんきょうだん》　夜寥寥《よるりょうりょう》
限《かぎ》り無《な》きの春風《しゅんぷう》　恨《うら》み未《いま》だ消《き》えず
露臥《ろが》す　延元陵下《えんげんりょうか》の月《つき》
満身《まんしん》の花影《かえい》　南朝《なんちょう》を夢《ゆめ》む

（七言絶句、韻字は寥・消・朝）

さて、今の梁川星巌の作のほか、芳野を詠ったすぐれた詩を三つ数えて「芳野三絶」と称します。あとの二つも紹介しておきましょう。

河野鉄兜（一八二五—一八六八）の作。この「芳野」には、どういう特色があるでしょうか。

山禽叫断《さんきんきょうだん》　夜寥寥《りょうりょう》

山禽は山の鳥。叫断は叫ぶということ。断は強めの助字です。動詞に断という助字のついた例として、たとえば、吹断はビュービューと吹くこと、鎖断はピシャッと閉ざすこと、というような言い方もあります。ですからこれを「叫《さけ》び断《た》えて」と読んで、叫びがやむ、ととるのは誤りです。ここでは山鳥がギィーとかギャーとかいうような叫び声をたてることをいいます。その音がしたあとにシィーンとした夜のしじまがおそってくるのです。寥寥は寂寥《せきりょう》と同じ意味で、もの寂《さび》しく静まりかえること。

ここでは、「鳥鳴いて　山更《さら》に幽《ゆう》」という句（六朝《りくちょう》の王籍《おうせき》の「若耶渓《じゃくやけい》に入る」）が思い起されます。激しい物音のあとの静けさ。もし、叫びが絶えたということなら、夜寥寥というのは言わずもがなのことになります。真っ暗な闇の中にけたたましい山鳥の声がしてこそ、夜のしじまは、また一きわ深味を増すのです。この一句のぶきみな感じはこの詩のムードを形成します。古い御陵《みささぎ》にこもる恨み……それが第二句を呼び起します。

限り無きの春風　恨み未だ消えず

限りなくそよそよと吹く春風、その春風に、この芳野の古い御陵《みささぎ》辺りにこもる恨みはまだ消えない。なま暖かいような春風が、あとからあとから吹いてくる。この春風が第四句の花を呼び起すのです。

露臥す　延元陵下の月

露臥は露天で寝ころがること。延元陵は延元時代（一三三六―三九）の天皇、つまり後醍醐天皇の御陵。その後醍醐天皇の御陵の月明りのところで、ごろりと寝ころがる。「陵下の月」について、月ならば上から照らしているんだから、「陵上の月」と言わなければいけないじゃないか、という議論もありますが、そうではない。もちろん月は上に出ていますが、その空に出た月が光を御陵の下へ投げかけている、の意です。

満身の花影　南朝を夢む

すると、体いっぱいに花の影が自分を包んで、いつしか南朝を夢見て寝てしまう。花影《はなかげ》というのはむろん桜の花です。芳野は桜の名所ですから、ここで桜がでてきます。芳野懐古の歌は桜と南朝時代の物語というのが二本の大きな柱となるのです。この二つの柱をどのように組み立てるか、そこにまたいろいろな小道具をどのように配置するか、ということが芳野懐古のみどころになります。

この詩の場合にはまず山禽というのが一つの小道具で、キキーといって静まりかえったあとのぶきみさが、南朝の恨みをそそります。そして花影をいっぱいにあびながらそこに寝ころがるというところが、この詩の発想の中心になります。芳野ならではの風流さです。ひと目千本といわれる桜の名所の、風流なその味わいと、さびれて粗末な御陵の雰囲気――物々しく規模も雄大な御陵などとは違う雰囲気がうまくとらえられています。物々しい御陵ではごろ寝はできません。またこのことによって、後醍醐天皇に対する敬慕の情、親愛の情があふれ、南朝慕わしやの気分がでるのです。天皇の陵のところでごろ寝をするのは不敬ではないか、というような評もありますが、それは詩を解しない人の言うことです。ごろんと寝ころがっているから、月影と花びらが体いっぱいに注ぐことになるわけです。ちょっと芝居の一幕を見ているような感じです。なかなか周到な工夫の凝らされた傑作で、藤井竹外の作にひけを取りません。

芳野懐古

今 来 古 往 事 茫 茫
石 馬 無 声 抔 土 荒
春 入 桜 花 満 山 白
南 朝 天 子 御 魂 香

芳野懐古《よしのかいこ》　　梁川《やながわ》　星巌《せいがん》

今来古往《こんらいこおう》　事茫茫《ことぼうぼう》
石馬《せきば》声無《こえな》く　抔土《ほうど》荒《あ》る
春《はる》は桜花《おうか》に入《い》って　満山《まんざん》白《しろ》く
南朝《なんちょう》の天子《てんし》　御魂《ぎょこん》香《かんば》し

（七言絶句、韻字は荘・荒・香）

次に梁川星巌の「芳野」を見ます。先ほどの二つの柱はどう組み立てられているでしょうか。

今来古往　事茫茫《ことぼうぼう》

今来古往は古往今来の転倒したもの。それは「古今往来」ということばを互い違いに言った互文《ごぶん》です（六四ページ参照）。昔から今まで長いこと年月がたって、の意。事茫茫とは、その当時の事はすっかりかすんでしまった、茫々はさだかでないさま。「跡茫茫」となっているテキストもあります。跡は事跡の意ですから、同じことです。

　石馬声無く　抔土《ほうど》荒る

置き捨てられたように立つ御陵の前の石の馬。石の馬ならば声がないのはあたりまえだというようなことを言う人もいますが、それは屁理屈で、ここではいかにもポツンとそこに立っている様子、寂し気な様子をいいます。抔土は一つかみの土の意で、お墓のことです。あれから何百年、見捨てられたようなこの吉野の御陵の辺り。ここで石馬がこの詩の重要な小道具になっているのがわかります。石で造った馬、これが長い年月を、ずっと変わらずにそこにある。その間、人は死に世は変わっているのです。ここのところは、『唐詩選』にもある杜甫の「玉華宮《ぎょくかきゅう》」という詩に、「当時金輿《とうじきんよ》（天子のみ車）に侍《じ》するもの、故物独《こぶつひと》り石馬《せきば》のみ」（その昔、皇帝に付き従っていたもので、ただ石馬だけが残っている）の句が影響していると思います。ところで実は後醍醐天皇の御陵に石馬はありません。ですからこれは虚構になる。しかし作者はあえてそれを承知でここに石馬を置いたのです。それによって醸《かも》し出される味わいを汲まなければなりません。

　春は桜花に入《い》って　満山白く、　南朝の天子　御魂《ぎょこん》香し

この春の季節が桜の花に入って花は満開、山じゅう真っ白だ。春が桜花に入るというのは奇抜な言い方です。春風が山に吹き入って、というなら普通の言い方ですが、ここではいかにも吉野の山にも春が来た、と

いった感じがして、適切な表現になっていると思います。至るところ桜の花で真っ白、ひと目千本。この荒れた御陵の中に眠っておられる南朝の天子、後醍醐天皇の御霊《みたま》も、さぞ香しいことでしょう。いよいよ桜のにおいに酔っていられることでしょう。この、御魂香し、はいかにも日本的な発想であり、語も日本的です。中国でも天子に関係する物に、御苑、御物など御の字をつける例はありますが、天子自身につく御顔、御魂というのは見かけません。おそらく和語（漢語ではない）でしょう。和語であることは百も承知で敢て用いていると思います。

この詩のみどころはといいますと、長い年月《としつき》の流れに耐えている石馬というものをもってくることによって、そこにひとつの無常感を漂わせ、抔土荒るによって、荒涼とした寂寥感をそそり、それをやんわりと桜の花で包みこむようにした趣向です。本来は恨みを呑んで亡くなった天子ですが、その内にこめられた恨み、悲しみというものを桜がふんわりとおおっている感じになっている、ということです。中国の詩によりながら、中国の詩にはない味わい——和風《わふう》と言いましょうか——がにじみ出た、品のよい詩です。

応制賦三山

熊野峰前徐福祠
満山薬草雨余肥
只今海上波濤穏
万里好風須早帰

応制《おうせい》　三山《さんざん》を賦《ふ》す　　絶海《ぜっかい》　中津《ちゅうしん》

熊野《くまの》峰前《ほうぜん》　徐福《じょふく》の祠《ほこら》
満山《まんざん》の薬草《やくそう》　雨余《うよ》に肥《こ》ゆ
只今《ただいま》　海上《かいじょう》　波濤《はとう》穏《おだ》やかなり
万里《ばんり》の好風《こうふう》　須《すべか》らく早《はや》く帰《かえ》るべし

（七言絶句、韻字は祠・肥・帰）

絶海中津（一三三六―一四〇五）は土佐の名門の出です。十三歳で天龍寺に入り、夢窓疎石《むそうそせき》に学び、三十三歳のとき中国へ渡って、九年過ごしました。高啓《こうけい》とは同じ時代になります。その間、明《ミン》の第一代の皇帝、洪武帝《こうぶてい》にお目にかかりました。その時に洪武帝の命を受けて作ったのがこの詩です。応制とは皇帝の命を受けて、ということです。命令を受けて三山をうたった、の意。三山は蓬萊三山のことで、中国の東の海にあるという仙人の島ですが、それがちょうど位置的に日本に当たるので、日本からきた絶海にその詩を作らせたのです。

熊野峰前　徐福の祠《し》

熊野の峰の前に徐福の祠《ほこら》がある。徐福というのは秦《しん》の始皇帝の時代の仙術を使う人です。この人が始皇帝の命令を受けて、不老不死の薬を東海の仙人の島へ求めに行きました。始皇帝は、天下を統一して、権力を握りましたが、その権力をいつまでも持っていたいという願望を強く持ちます。それにつけこんで、徐福が東の海の向うの仙山には不老不死の薬草があるそうですから、それを取ってきます、ということで、大きな船を仕立てて五百人のけがれのない男の子と女の子を乗せて、船出をしたといいます。ところが、帰って来なかった。不老不死の薬を飲めなかった始皇帝は死にましたが、徐福はどこへ行ったのかというと、実は日本へ流れついたというのです。中国から東の海へどんどん行くと日本へ来ます。その証拠に、といっては変ですが、今、三重県の熊野に徐福の祠があります。そのことは、中国でも知られていることと見えまして、洪武帝の注文もそれに基づいており、絶海は巧みにそれを詠じているのです。

満山の薬草　雨余《うよ》に肥ゆ

山いっぱいの薬草が雨上がりにたくさんおい茂っている。雨余は雨上がりです。

只今　海上　波濤《はとう》穏やかなり、万里の好風　須《すべか》らく早く帰るべし

今や海はすっかり波も収まって、穏やかになりましたから、万里のよい風を帆に受けて早く帰りなさい。徐福は始皇帝の暴政を嫌って、わざと帰らなかったのだという趣向になっています。しかし今は明のありがたい御世になって、波もすっかり収まった、ちょうど帰るチャンスだから、よい風を帆に受けて早くお帰り、という意味です。巧みに我が国と中国とを結ぶ伝説を題材にとらえ、合わせて相手の洪武帝に対するお世辞にもなっています。そつのない、機知の詩というべきでしょう。

明の天子にお目にかかって、たちどころに作ったというところでしょうが、いかんなく才能が発揮されています。

なおこれに対して、洪武帝の返し歌があります。詩による日中の友好親善のはしりです。

和賦三山　　三山《さんざん》を賦《ふ》するに和《わ》す　　洪武帝《こうぶてい》

熊野峰《くまのほう》は高《たか》し　血食《けっしょく》の祠《ほこら》
松根《しょうこん》の琥珀《こはく》も　也応《またまさ》に肥《こ》ゆべし
当年《とうねん》　徐福《じょふく》　仙《せん》を求《もと》めしの処《ところ》
直《ただ》ちに如今《いま》に到《いた》って　更《さら》に帰《かえ》らず

熊野峰高血食祠
松根琥珀也応肥
当年徐福求仙処
直到如今更不帰
（七言絶句、韻字は祠・肥・帰）

こちらのほうは、絶海のお世辞に対して、今になってもまだ帰って来ないと謙遜の口調です。

9　諷刺

兵車行

車轔轔　馬蕭蕭
行人弓箭各在腰
耶嬢妻子走相送
塵埃不見咸陽橋
牽衣頓足攔道哭
哭声直上干雲霄
道旁過者問行人
行人但云点行頻
或従十五北防河

兵車行《へいしゃこう》　杜《と》甫《ほ》

車轔轔《くるまりんりん》　馬蕭蕭《うましょうしょう》
行人《こうじん》の弓箭《きゅうせん》　各《おのおの》腰《こし》に在《あ》り
耶嬢妻子《やじょうさいし》　走《はし》りて相送《あいおく》る
塵埃《じんあい》にて見《み》えず　咸陽橋《かんようきょう》
衣《ころも》を牽《ひ》き　足《あし》を頓《とん》して　道《みち》を攔《さえぎ》りて哭《こく》す
哭声《こくせい》直《ただ》ちに上《のぼ》りて　雲霄《うんしょう》を干《おか》す
道旁《どうぼう》過《す》ぐる者《もの》　行人《こうじん》に問《と》う
行人《こうじん》但《た》だ云《い》う　点行頻《てんこうしき》りなりと
或《ある》いは十五《じゅうご》より　北《きた》　河《か》を防《ふせ》ぎ

便至四十西営田
去時里正与裹頭
帰来頭白還戍辺
辺庭流血成海水
武皇開辺意未已
君不聞漢家山東二百州
千村万落生荊杞
縦有健婦把鋤犂
禾生隴畝無東西
況復秦兵耐苦戦
被駆不異犬与鶏
長者雖有問
役夫敢伸恨
且如今年冬
未休関西卒
県官急索租
租税従何出

便《すなわ》ち四十《しじゅう》に至《いた》って　西《にし》　田《でん》を営《いとな》む
去《さ》る時《とき》　里正《りせい》　与《ため》に頭《こうべ》を裹《つつ》み
帰《かえ》り来《きた》って頭《こうべ》白《しろ》きに　還《ま》た辺《へん》を戍《まも》る
辺庭《へんてい》の流血《りゅうけつ》　海水《かいすい》と成《な》るも
武皇《ぶこう》　辺《へん》を開《ひら》く　意《い》　未《いま》だ已《や》まず
君聞《きみき》かずや　漢家山東《かんかさんとう》の二百　州《にひゃくしゅう》
千村万落《せんそんばんらく》　荊杞《けいき》を生《しょう》ずるを
縦《たと》い健婦《けんぷ》の鋤犂《じょり》を把《と》る有《あ》るも
禾《か》は隴畝《ろうほ》に生《しょう》じて　東西《とうざい》無《な》し
況《いわ》んや復《ま》た秦兵《しんぺい》　苦戦《くせん》に耐《た》うるをや
駆《か》らるること犬《いぬ》と鶏《とり》とに異《こと》ならず
長者《ちょうじゃ》　問《と》う有《あ》りと雖《いえど》も
役夫《えきふ》　敢《あ》えて恨《うら》みを伸《の》べんや
且《か》つ今年《こんねん》の冬《ふゆ》の如《ごと》きは
未《いま》だ関西《かんせい》の卒《そつ》を休《や》めざるに
県官《けんかん》　急《きゅう》に租《そ》を索《もと》むるも
租税《そぜい》　何《いず》くより出《い》でん

信知生男悪
反是生女好
生女猶得嫁比隣
生男埋没随百草
君不見青海頭
古来白骨無人収
新鬼煩冤旧鬼哭
天陰雨湿声啾啾

信《まこと》に知《し》る　男《おとこ》を生《う》むは悪《あ》しく
反《かえ》って是《こ》れ　女《おんな》を生《う》むは好《よ》きを
女《おんな》を生《う》まば　猶《な》お比隣《ひりん》に嫁《か》するを得《う》るも
男《おとこ》を生《う》まば　埋没《まいぼつ》して百草《ひゃくそう》に随《したが》う
君《きみ》見《み》ずや　青海《せいかい》の頭《ほとり》
古来《こらい》　白骨《はくこつ》　人《ひと》の収《おさ》むる無《な》きを
新鬼《しんき》は煩冤《はんえん》し　旧鬼《きゅうき》は哭《こく》す
天陰《てんくも》り　雨湿《あめけぶ》るとき　声《こえ》啾啾《しゅうしゅう》

（七言古詩、韻字は蕭・腰・橋・霄」人・頻」田・辺」水・已・杞」犂・西・鶏」問・恨」卒・出」好・草」頭・収・啾」）

兵車行は戦車《いくさぐるま》の歌という意味です。杜甫の作った楽府《がふ》で、天宝十一年、作者四十一歳の作です。

車轔轔《りんりん》、馬蕭蕭《しょうしょう》、行人《こうじん》の弓箭《きゅうせん》各《おのおの》腰に在り

轔轔はゴロゴロ、車がきしむ音。蕭蕭は馬の鳴き声。車がゴロゴロときしみ、馬が寂しげに鳴く。行人、すなわち出征兵士の弓矢がそれぞれの腰についている。腰に弓矢をつけて、出征兵士がぞろぞろと行進してゆく。

耶嬢《やじょう》妻子　走りて相送る、塵埃《じんあい》にて見えず　咸陽橋《かんようきょう》

耶嬢はお父さんお母さんということを、少しくだいていった言い方、今風に言えば、おやじ、おふくろ、それに女房と子供が走って出征兵士を見送る。そのちりぼこりがたちこめて、あれほど大きい咸陽の大橋も見えなくなるばかりだ。咸陽橋とは、都の長安から西へ行く時に渡る橋です。渭水《いすい》という川にかかっています。その渭水を渡ると向こうが渭城という町になって（前に王維の詩にも出てきました。一〇五ページ）、そこから西へ道が続いています。ですから、この兵隊は皆、西の戦場へ出かけてゆくのです。前にもでてきた、「涼州《りょうしゅう》の詞」などの詩の題材となった戦場、中国の砂漠の方へ出てゆく兵士です。

出征兵士の行進で、ちりぼこりが上がるばかりではなく、その見送りに、親父・おふくろ・女房・子供（「妻子」は、俗語で「つま」の意だとする説もあります。）に至るまでバタバタついて行っているので、舗装などない当時の道路のことですから、黄色いちりぼこりがもうもうとたちこめるわけです。

衣を牽《ひ》き　足を頓《とん》して　道を攔《さえぎ》りて哭《こく》す

これは見送りの家族のさまです。出征兵士の着物を引っ張り、足をバタバタして、通せんぼをして泣く。行ってはいやだと道をさえぎって大泣きをするのです。

哭声直ちに上りて　雲霄《うんしょう》を干《おか》す

その泣き声が、真っすぐに立ち上って、雲霄（大空）をおかすばかりだ。わんわん泣く泣き声が空までも立ち上っていく、ものすごい情景。そのようなありさまを目にした作者が次に出てきます。

道旁《どうぼう》過ぐる者　行人に問う、行人但《た》だ云う　点行頻《てんこうしき》りなりと

道旁を通りかかった者が出征兵士に聞いてみた。道旁過ぐる者、は作者自身です。通りかかった、ということにして顔を出すのです。すると出征兵士はただ、点行がしきりですと言うばかり。点行というのは点呼して連れてゆくこと、徴兵です。徴兵名薄があり、名前を呼んで点を打ってゆくので点という。点行の「行」は出征ということ。出征兵士が言うのには、ただしきりに徴兵が行われているのですよ、と。以下、出征兵士の口を借りて言います。

或いは十五より　北　河を防ぎ、便《すなわ》ち四十に至って　西　田を営む

ある出征兵士の場合には、年わずか十五で北の方の黄河の守りに連れてゆかれる。河は黄河です。そのままずっと連れて行かれた末に、四十歳になると今度は西の方に屯田兵になって連れてゆかれる。

去る時　里正　与《ため》に頭を裹《つつ》み、帰り来って頭白きに　還《ま》た辺を戍《まも》る

出征する時には里正（村長）がその兵士のために頭をつつんでくれた。与《ため》に、というのはその十五の子供のためにです。お前ももう十五になった、大人だ、元服しなさいということで頭を頭巾でつつむ。それまで

子供の髪の毛をしていたのがまげを結うのです。まだ十五といえば、年端《としは》もいかないのに、それを元服したからといって戦争にかり出してしまう。帰って来てみると、髪の毛はもう白くなっている、それなのにまだ国境を守りに連れていかれるのです。辺とは国境のこと。

辺庭の流血　海水と成るも、武皇　辺を開く　意　未だ已《や》まず

その国境の辺りには血が流れて、まるで海水のようだ。辺庭、とは国境の辺りの広々とした所、そこが血の海になる。にもかかわらず、武皇様は国境の辺りを開拓していくお気持をおやめにならない。武皇は漢の武帝ですが、実ははばかった言い方で唐の玄宗のこと。今、玄宗の時代ですから、あからさまに言うのははばかられます。とはいうものの、これは誰でもすぐわかることではありません。よく唐の詩人にはこのように時代を漢代のことにしてうたいます。

君聞かずや　漢家《かんか》山東の二百州、千村万落　荊杞《けいき》を生ずるを

君聞かずやというのが、楽府に独特の言いまわしです。読者に向かって呼びかけているわけです。諸君、聞いたことがありませんか、聞いたことがあるでしょう、漢の国家の山東の二百州、その村々にはいばらや、くこがおい茂っているのを。ここでもやはり漢家といっています。山東とは今の山東省のことではありません。都の東に華山《かざん》という山がありますが、この華山を基準として山の東という意味です。ですから別の言い方をすれば、中原地方、最も中国の中心の地方が山東になります。その中心地の二百州には、あちらの村こ

ちらの村に、いばらやくこがおい茂っているということを、聞いたことがありませんか諸君。

縦《たと》い健婦の鋤犂《じょり》を把《と》る有るも、禾《か》は隴畝《ろうほ》に生じて東西無し

隴畝はうね、あぜということ。東西無し、とは整然としていないことです。男どもがすっかり戦争にとられて、留守を守るけなげな妻が、すき・くわとって耕したとしても、知れているわけで、稲は、うねやあぜに、でたらめにはえてしまう。

況《いわ》んや復た秦兵　苦戦に耐うるをや、駆らるること犬と鶏とに異ならず

秦兵とは、都のある辺りの兵士です。今の省名でいうと陝西省《せんせい》。況んや復た、とは抑揚形式です。ただでさえ、兵隊がとられてゆくのに、ましてこの地方の兵隊は強いから、苦戦に耐えるからということで、引っ張られてしまうこと、なおさらである。その引っ張られ方が、犬や鶏をおいやるのと全く違わないということで、いかにもめちゃくちゃな徴兵のあり方というものを言っているのです。

長者　問う有りと雖《いえど》も、役夫《えきふ》　敢えて恨みを伸べんや

これは出征兵士が作者に向かって言っている言い方。あなた様は私にお尋ねになりますが、出征兵士である私ごとき、何で恨みなど申しましょうか。ここから五言になって調子が急になります。役夫とは出征兵士自身のことで、へりくだって言っています。杜甫は役人でもあり、年長者でもありますから、出征兵士から

見て長者です。あなた様が、せっかくお尋ねではございますが、出征兵士の分際で恨みなど述べられましょうか。と言って実は、恨みを述べているのです。

且《か》つ今年の冬の如きは、未だ関西《かんせい》の卒を休《や》めざるに

且つ、とは色々あるその上に、ということ。今年の冬のような場合を見てみると、まだ関所の西の方に駆《か》り立てる徴兵をおやめにならない。関西とは西の方の関所のさらに西ということ。卒は出征兵士の意から、この場合徴兵ということ。

県官　急に租を索《もと》むるも、租税　何くより出でん

県の役人が、早く早くとせっついて租税を求めても、租税が一体どこから出て来るかというのでしょうか。租税なんか出しようがないではありませんか。男は全部引っ張られて、作物を植えてもでたらめにしかはえないのだから、租税が出てくる所はないのに、それでも県の役人がせっついて、租税を求めるのです。急に、というのは急いでというのではなく、じりじりとせっつくということ。

信《まこと》に知る　男を生むは悪しく、反って是れ　女を生むは好きを

ああ、ほんとにわかった、男の子を生むことは悪くてかえって女の子を生むほうがいいということが。男の子を生むと喜び、女の子を生むと、後つぎにならないので悲しんだものなのです。『詩経』の詩の中にも、

男を生むことは「生章」（玉……といい、女の子を生むことは「生瓦」（瓦《かわら》を生む）といっていますが、……子を生むほうを喜んでいたものです。ところが、こんなことでは全く男の子を生むのに悪く、女の子を生むほうがいい。

女を生まば　猶お比隣に嫁するを得るも、男を生まば　埋没して百草に随《したが》う

女の子を生めばそれでもなお、近隣に嫁にやることができる。しかし男の子を生んだらどうなるか。そのむくろは埋もれてペンペン草が生えてしまうではないか。百草に随うとは草のおい茂るにまかせるという意味です。戦場で戦死して、その死骸はその辺りにころがって、自然に埋められ、後には草が生えるにまかせるという、むごい状態になるではないか。

君見ずや　青海の頭《ほとり》、古来　白骨　人の収むる無きを

君見ずや、とまた言います。諸君見たことがありませんか、あの青海のほとりに、昔から白骨が散らばって誰も収める人とてないのを。青海とは中国の西の方の大きな湖です。昔から戦場になった所。その青海のほとりで昔から白骨が散らばっていて、誰も拾ってくれる人がないのを、知っているでしょう。このあたり、漢代の楽府や、北朝の民歌に描かれた戦場のさまが思い起されます。

新鬼は煩冤《はんえん》し　旧鬼は哭《こく》す、天陰《くも》り　雨湿《けぶ》るとき　声啾《しゅうしゅう》啾

幽霊になったばかりのものはもだえ恨み、古い幽霊は哭《な》いている。新鬼に対して旧鬼と言った。昔死んだ幽霊は旧鬼です。今死んだばかりの戦死者は新鬼です。天が曇って雨がしとしとと降るような時には、その幽霊たちの声が啾啾と聞こえるのではないか。まことに悲惨な情景、鬼気迫る結びです。

太平洋戦争において、我が国でも南方でたくさんの人が死に、白骨が散らばって、未だ収拾されていないものもあります。それを思い合わせますと、いっそう感慨深いものがあります。この詩が作られた当時は玄宗と楊貴妃の全盛時代です。その全盛のかげに戦争に連れて行かれて、このような悲惨なめにあっている人々がいた。それを鋭く見つめて作った歌です。この兵車行を作って間もなく、唐にとって取り返しのつかない、安禄山の乱が起りますが、この詩を読むと、そのような繁栄のかげに忍び寄る黒い戦乱の影を、詩人の敏感な目でいち早くとらえていることを感じます。それにしても、このような激越な反戦の歌を堂々とうたうというところに、我々は中国の詩の歴史の中で脈々として流れる、諷刺の精神を見る思いがします。

売炭翁　苦宮市也

売炭翁
伐薪焼炭南山中
満面塵灰煙火色
両鬢蒼蒼十指黒
売炭得銭何所営

売炭翁《ばいたんおう》　宮市《きゅうし》に苦《くる》しむなり　白《はく》　居易《きょい》

売炭翁《ばいたんおう》
薪《たきぎ》を伐《き》り炭《すみ》を焼《や》く　南山《なんざん》の中《うち》
満面《まんめん》の塵灰《じんかい》　煙火《えんか》の色《いろ》
両鬢《りょうびん》　蒼蒼《そうそう》として　十指《じっし》黒《くろ》し
炭《すみ》を売《う》りて銭《ぜに》を得《う》る　何《なん》の営《いとな》む所《ところ》ぞ

身上衣裳口中食
可憐身上衣正単
心憂炭賤願天寒
夜来城外一尺雪
暁駕炭車輾氷轍
牛困人飢日已高
市南門外泥中歇
翩翩両騎来是誰
黄衣使者白衫児
手把文書口称勅
廻車叱牛牽向北
一車炭重千余斤
宮使駆将惜不得
半匹紅綃一丈綾
繋向牛頭充炭直

身上《しんじょう》の衣裳《いしょう》　口中《こうちゅう》の食《しょく》
憐《あわれ》むべし　身上《しんじょう》　衣《い》　正《まさ》に単《たん》なるを
心《こころ》に炭《すみ》の賤《やす》きを憂《うれ》え　天《てん》の寒《さむ》からんことを願《ねが》う
夜来《やらい》　城外《じょうがい》　一尺《いっしゃく》の雪《ゆき》
暁《あかつき》に炭車《たんしゃ》に駕《が》して　氷轍《ひょうてつ》を輾《ひ》く
牛《うし》は困《つか》れ人《ひと》は飢《う》え　日《ひ》　已《すで》に高《たか》し
市《し》の南門《なんもん》の外《そと》　泥中《でいちゅう》に歇《や》む
翩翩《へんぺん》たる両騎《りょうき》　来《き》たるは是《こ》れ誰《たれ》ぞ
黄衣《こうい》の使者《ししゃ》と白衫《はくさん》の児《じ》
手《て》に文書《ぶんしょ》を把《と》り　口《くち》に勅《ちょく》と称《しょう》す
車《くるま》を廻《めぐ》らし牛《うし》を叱《しっ》して　牽《ひ》きて北《きた》に向《む》かわしむ
一車《いっしゃ》の炭《すみ》の重《おも》さ　千余斤《せんよきん》
宮使《きゅうし》　駆《か》り将《も》ちて　惜《お》しみ得《え》ず
半匹《はんぴき》の紅綃《こうしょう》　一丈《いちじょう》の綾《あや》
牛頭《ぎゅうとう》に繋《か》け向《む》けて　炭《すみ》の直《あたい》に充《あ》つ

（七言古詩、韻字は翁・中」色・黒・食」単・寒」雪・轍・歇」誰・児」勅・北・得・直」）

これは白楽天の「新楽府五十首《しんがふ》」の中の一つです。売炭翁とは炭売りじいさんということ。当時、宮市《きゅうし》といい、宮廷の中に市場が設けられて、その市場に品物を調達するのに、ふんだくるようにして人民から物を取ってきたのです。その弊害がひどかったので白楽天はこの詩を作って、諷刺したものです。間もなくこの宮市は廃止になりました。宮市に苦しんでいる人民の姿を、炭売りじいさんに代表させたということでしょう。

売炭翁《ばいたんおう》、薪《たきぎ》を伐《き》り炭を焼く 南山の中
満面の塵灰《じんかい》 煙火の色、両鬢蒼蒼《りょうびんそうそう》として十指黒し

炭を売るじいさん、南山の中で薪を伐って炭を焼けば、顔中に塵や灰がかかり、すすけた色になってしまう。煙火とはすすです。両方の鬢が蒼々というのは、真っ黒というより、ごましおということ。白髪のじいさんがすすけてしまうので、蒼々になるわけです。そして十本の指は真っ黒だ。

炭を売りて銭を得る 何の営む所ぞ、身上の衣裳 口中の食

そんな苦労をして炭を焼く。炭を売って銭をもうけて、何の営む所ぞ、一体どうするのだ。逆にいえば、どういうことをするために炭を売るのだ。じいさんの言うに、体には着物を着せ、口には物を食べさせるためですよ、と。つまり生活のためです。別に炭を売って大もうけをしてやろうなどといいません。ただ最低の生活をするために炭を売るのです。

　憐むべし 身上 衣 正に単なるを、心に炭の賤《やす》きを憂え 天の寒からんことを願う

　さてそのじいさんのなりを見てみると、かわいそうなことに、着ているものは冬なのに単、一重《ひとえ》もの。一重ものを冬に着ていながら、心の中では炭の値段が下がることを心配して、もっと寒くなれと願う。ここがいかにもうまいところです。泣かせどころです。今、自分は冬の最中《さなか》に一重を着ている。寒くて震えていながら、もっと寒くなれと願う気持、こういうところが、白楽天の持ち味でしょう。平易な表現で、ズバッと急所を衝く趣があります。

　夜来 城外 一尺の雪、暁に炭車に駕して 氷轍《ひょうてつ》を輾《ひ》く

　夜、雪が降って町の外には一尺も積もっている。暁に炭をいっぱい乗せた車を引っ張って、氷のように雪が固くなった道を、車をきしませながら進んでゆく。氷轍とは氷の張りつめた道の上をゆく車の跡です。車の跡をきしませながら炭車を引っ張ってゆく。

　牛は困《つか》れ人は飢え 日 已に高し、市の南門の外 泥中に歇《やす》む

　牛は疲れ、じいさんは腹が減って、日はもう高くなった。朝早く南山から出かけて、都まで来ると相当かかります。道は悪くて難儀ですから、着いた時には昼に近くなってしまう。そうすると、日が出て雪もとけて道は泥んこになる。

翩翩《へんぺん》たる両騎　来たるは是れ誰ぞ、　黄衣の使者と白衫《はくさん》の児

市場の南門の外でやれやれと、泥んこの中で一休みする。ひらひらっと二人の騎馬武者がやって来た。それは一体誰か。翩翩とは鳥がひらひら飛ぶような時に使う言葉です。この場合には、馬に乗った二人の男が、飛んでやって来ることをいいます。黄色い着物を着た使者と、白い上着を着た若者。この黄色い着物をきた使者とは、宮使《きゅうし》という宮廷の市場の役人です。普通は宦官《かんがん》です。

手に文書を把《と》り　口に勅《ちょく》と称す、　車を廻《めぐ》らし牛を叱して　牽《ひ》きて北に向わしむ

手に文書を持ち、口では「勅」と言っている。なにやら書きつけを持ち、天子の御命令だ、と言って、車を回し、牛を叱りつけて北の方へと引っ張ってゆく。北は宮廷の方向。市の南門の外から今度は宮廷の方へと連れてゆかれるのです。

一車の炭の重さ　千余斤、　宮使　駆《か》り将《も》ちて　惜しみ得ず

炭車いっぱいの炭の重さは、千余斤もある。宮廷のお使いが、その炭車を追いやって持って行ってしまっても、惜しむことができない。権力で持って行ってしまうのでどうすることもできないのです。

半匹の紅綃《こうしょう》　一丈の綾《あや》　牛頭に繫《か》け向けて　炭の直《あたい》に充《あ》つ

その宮使が、炭の代金にとくれたものは何かというと、たった半匹の紅い絹、たった一丈の綾絹だけ、それを申し訳に代金だとしてくれた。それを牛の頭にかけて炭の値にあてただけだ。直は値段のときはチと読みます。「値《チ》」と同じです。代金のことです。（ただし、ここは韻字になっていますので、例外的にチョクと読ませています。）繫け向けて、の「向」は前置詞で、読まなくてもよいが、牛の頭の所にかけて、炭の値段に充てるということ。車いっぱい千余斤の炭をただ取りされてしまったようなものです。もらったものは半端な絹半匹と、綾絹一丈である。〝やらずぶったくり〟という言葉がありますが、ほとんどただ取り同様に取られてしまった炭売りじいさんの嘆きをうたったものです。宮市がいかにひどいものであったか、よくわかります。

白楽天の「新楽府五十首」は、みなこのようにわかりやすい表現で、鋭く社会の矛盾を衝いたものばかりです。時に、白楽天は三十八歳の、少壮官僚でした。

漢詩関係地図

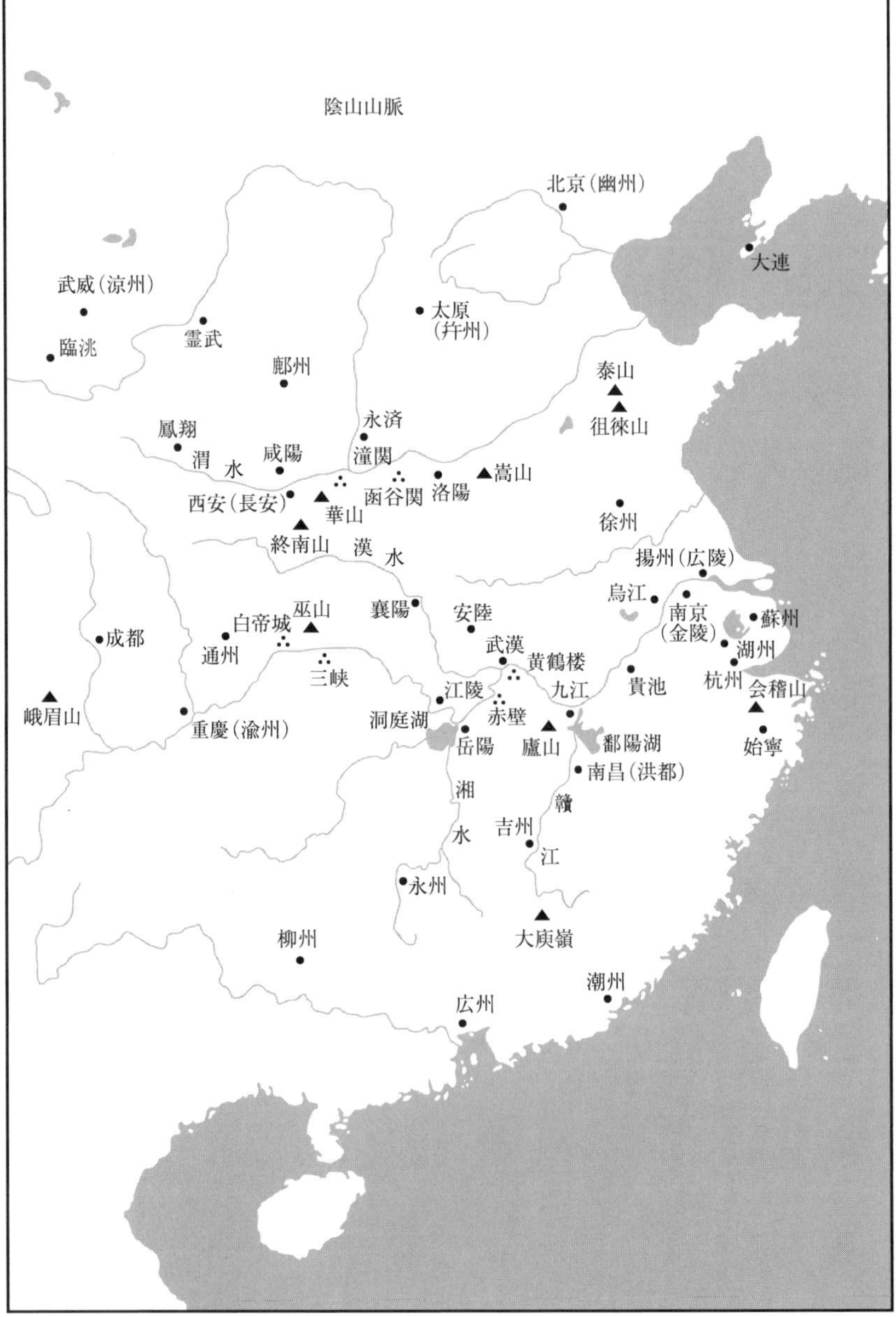
陰山山脈
北京（幽州）
大連
武威（涼州）
霊武
太原
（并州）
臨洮
鄜州
泰山
徂徠山
永済
鳳翔
渭
水
咸陽
潼関
嵩山
西安（長安）
函谷関
洛陽
華山
徐州
終南山
漢
水
揚州（広陵）
烏江
襄陽
安陸
南京
（金陵）
蘇州
巫山
白帝城
成都
通州
武漢
湖州
黄鶴楼
三峡
貴池
杭州
会稽山
九江
峨眉山
江陵
洞庭湖
赤壁
重慶（渝州）
岳陽
廬山
鄱陽湖
始寧
南昌（洪都）
湘
贛
水
吉州
江
永州
大庾嶺
柳州
潮州
広州

付属CDについて

このCDは、旧版『漢詩の世界』別売テープをもとに再構成したものです。冒頭の音声が「このテープは」となっているなど、旧版のままとなっている部分が多少ございますが、ご了解ください。

●中国語の調べ

日本語朗読／石川忠久
中国語朗読・吟詠／高　翔翮
唐代復元音朗読／平山久雄

1 春暁（日本語朗読・中国語朗読・吟詠）　3分47秒
2 早に白帝城を発す（日本語朗読・中国語朗読・吟詠・唐代復元音朗読）　3分52秒
3 春望（日本語朗読・中国語朗読・吟詠・唐代復元音朗読）　5分09秒
4 香炉峰下、新たに山居をトし、草堂初めて成り、偶たま東壁に題す（日本語朗読・中国語朗読・吟詠）　4分08秒
5 秦淮に泊す（日本語朗読・中国語朗読・吟詠）　2分25秒
6 兵車行（中国語朗読）　3分17秒

●吟詠の味わい

7 芳野　小川調岳　2分22秒
8 涼州詞（王翰）　石割雅風　2分09秒
9 春望　伊藤岳思　4分08秒
10 赤馬が関を過ぐ　矢沢　修　1分15秒
11 江南の春　小池鶯苑　2分04秒
12 涼州詞（王之渙）　村沢吼凌　2分06秒
13 元二の安西に使するを送る　天田岳暁・石割雅風・小川調岳　3分18秒
14 早に白帝城を発す　小池鶯苑　2分30秒
15 夜墨水を下る　天田岳暁　2分25秒
16 峨眉山月の歌　小川調岳　2分11秒

17 楓橋夜泊　伊藤岳思　2分05秒
18 九月十三夜　石割雅風　2分29秒
19 貧交行　村沢吼凌　2分14秒
20 偶成　矢沢　修　1分14秒
21 静夜思　天田岳暁　2分22秒
22 秦淮に泊す　岡田紫友　2分28秒

【伴奏】尺八／田中栄童・磯　牧山
琴／国重歌栄美
箏／国重歌純

【さ行】

【た行】

詩人・詩題別索引

『新漢詩の世界』『新漢詩の風景』の両書に収録した漢詩を、詩人・詩題の50音順に配列し、収録ページを示した。

［著者略歴］

石川　忠久（いしかわ　ただひさ）

東京都出身。東京大学文学部中国文学科卒業。同大学院修了。現在，二松学舎大学顧問。二松学舎大学・桜美林大学名誉教授。（財）斯文会理事長，全国漢文教育学会会長，全日本漢詩連盟会長。

著書，『漢詩を作る』『石川忠久漢詩の講義』『日本人の漢詩』（大修館書店）『石川忠久 中西進の漢詩歓談』（共著・大修館書店）『漢詩のこころ』『漢詩の楽しみ』『漢詩の魅力』（時事通信社）『詩経』（明徳出版社）『隠逸と田園』（小学館）『陶淵明とその時代』『岳堂 詩の旅』『長安の春秋』『東海の風雅』（研文出版）『漢詩をよむ　李白 100 選』『漢詩をよむ　杜甫 100 選』『漢詩をよむ　白楽天 100 選』『漢詩をよむ　杜牧 100 選』『漢詩をよむ　蘇軾 100 選』『漢詩をよむ　陸游 100 選』『漢詩をよむ　王維 100 選』『漢詩をよむ　陶淵明詩選』（NHK 出版），『漢詩への招待』『身近な四字熟語辞典』（文春文庫）など。

新《しん》 漢詩《かんし》の世界《せかい》 CD付《つき》

　NDC921　x, 226p, 図版 8p　21 cm

初版第 1 刷――2006 年 4 月 10 日

第 3 刷――2010 年 9 月 1 日

著者――石川忠久《いしかわただひさ》

発行者――鈴木一行

発行所――株式会社大修館書店

〒 101-8466 東京都千代田区神田錦町 3-24

電話03-3295-6231（販売部）03-3294-2352（編集部）

振替 00190-7-40504

［出版情報］ http://www.taishukan.co.jp

装丁者――山崎　登

印刷所――壮光舎印刷

製本所――ブロケード

ISBN978-4-469-23238-7　Printed in Japan